古典詩學叢刊

杜詩規矩與雄深雅健

蔡志超　著

目次

第一章　緒論 …………………………………………………… 1

第二章　以杜為師 ……………………………………………… 5

　第一節　杜詩與大雅之作 ……………………………………… 5
　第二節　宋代杜詩地位提升的推力 …………………………… 13
　第三節　以杜為師 ……………………………………………… 29
　小結 ……………………………………………………………… 50

第三章　以文為詩 ……………………………………………… 53

　第一節　宋人以文為詩的淵源 ………………………………… 54
　第二節　杜甫以文為詩的現象 ………………………………… 60
　第三節　詩文一理 ……………………………………………… 64
　第四節　杜詩賦法與以文為詩 ………………………………… 69
　小結 ……………………………………………………………… 72

第四章　裝造句法 ……………………………………………… 75

　第一節　黃生以前杜詩句法的研討 …………………………… 75
　第二節　黃生的杜詩句法與理論 ……………………………… 84

第三節　黃生的杜詩句法與杜詩詮釋……………………98
　　　小結…………………………………………………………103

第五章　雄深雅健……………………………………………105
　　　第一節　杜詩中的雄深雅健………………………………105
　　　第二節　杜詩雄深雅健的論證……………………………109
　　　第三節　杜詩雄深雅健的內涵……………………………122
　　　第四節　再論雅健的方式與雄深雅健的舉隅……………129
　　　小結…………………………………………………………137

第六章　結論…………………………………………………141

後記……………………………………………………………147

引用暨參考資料………………………………………………149

第一章
緒論

　　本書嘗試探究杜甫（西元712-770年）詩歌中「規矩」與「雄深雅健」的關係。杜詩「規矩」的內涵繁複，在此僅限杜甫明確言及的「頓挫」與「句法」；並由此延伸形成的杜詩學相關研討──「以文為詩」與「裝造句法」等論題；以及杜甫藉由「頓挫」與「句法」，或透過一正一反技法與各種裝造句式，呈現波瀾壯闊、筆力有餘的樣態，所形塑「雄深雅健」的詩歌風格。因此杜甫某些詩歌具有「雄深雅健」風貌；杜詩「規矩」與「雄深雅健」詩風關係密切。

　　杜詩「規矩」一詞最早當見諸陳師道（1053-1101）《後山詩話》，書云：「學詩當以子美為師，有規矩故可學。」（《後山先生集》「詩話」，卷28）因為杜詩有規矩可循，所以杜詩可以被學習。宋代「以杜為師」的說法並非破空出世，它與杜甫在宋代地位有關。由於杜甫與其詩歌在宋代詩壇的地位提升，因此宋人推崇並學習杜詩，於是掀起「以杜為師」的風潮。後人對杜詩規矩的探究，自然也包含了「頓挫」與「句法」兩個面向，杜甫即曾言「至於沉鬱頓挫，隨時敏捷，揚雄、枚皋之徒，庶可企及也」（〈進雕賦表〉）；又曾言「美名人不及，佳句法如何」（〈寄高三十五書記〉）等等。杜甫以賦法的頓挫起伏來敘事議論，不僅開啟宋人「以文為詩」的創作先河，在杜詩學中也形成「以文為詩」的論題；杜甫又以各式裝造句法來創作詩歌，此以清人黃生（1622-1696？）的歸納研究最具啟示與貢獻，堪稱「裝造句法」，不僅可以作為詩歌創作方法，同時也可以作為詩歌詮釋方式。杜甫的成就與黃生的貢獻，不可謂不大。

杜甫擅長的「頓挫起伏」與「裝造句法」會形成何種詩歌風格呢？答案即是前人提及的「雄深雅健」。杜甫學習《左》、《史》文法——「運《左》、《史》法於韻語中」（沈德潛《說詩晬語》）、「運《左》、《史》文筆為詩法也」（朱庭珍《筱園詩話》，卷1）；司馬遷文字本具「起伏頓挫」筆姿與「雄深雅健」風格，因此杜甫文字也具有「起伏頓挫」與「雄深雅健」風貌。此外，杜甫駕馭各式裝造字句的筆力，也是杜詩「雄深雅健」風格的因素之一。

今依前述分析進路，說明本書以下章次：

第一章是緒論。簡述研究論題與範圍暨章次排列。

第二章是以杜為師。首先，說明的是宋代「以杜為師」的現象，這是宋人推崇學習杜詩的緣故；宋人推重杜詩因素至少有：杜集整理刊行、儒家學說興復、宋儒推崇杜甫、文壇領袖與文學集團的尊崇等等。其次，「以杜為師」包含三個部分：有規矩故可學其詩；有性情故可慕其人；有成就故可效其文。在「有規矩故可學」中，蘊含「頓挫」與「句法」兩路。杜詩學裡，「頓挫」是「以文為詩」的核心議題之一；「句法」研討的成果即是後世「裝造句法」。

第三章是以文為詩。杜甫擅長賦法，藉由頓挫起伏表現心中沉鬱之情，或藉由正反對待的概念來敘事論議；賦法又近於文之敘事，因而古人稱杜甫「以文為詩」，此為「以文為詩」的內涵之一，開宋人「以文為詩」的先河。

第四章是裝造句法。宋代以降，古人對杜詩句法多所研討，最為整全者當屬黃生。本章以黃生的研究為進路，探討杜詩的各式裝造句法。杜詩「裝造句法」是黃生提出的，他說：「山谷學杜，得其皮毛，不得其神髓；得其骨幹，不得其筋節。其筋節在裝造句法，其神髓在經營意匠。」（《杜工部詩說》「杜詩概說」）由於杜甫創作時對詩句進行「省略」與「變裝」，因此讀者解讀時須「填補字句」與「還

原詩句」;「省略」與「變裝」是杜甫的創作原則,「填補」與「還原」是讀者的解讀手段。此意指：創作時省略變裝,解讀即填補還原。準此,杜甫的創作技法同時可作為讀者的詮釋方法。如此,杜詩句法理論即為杜詩的一種詮釋理論,它甚至可以作為古典詩歌的詮釋路徑。而杜詩倒裝與裝造字句更是筆力勁健的表現。

第五章是雄深雅健。杜甫能輕鬆調控頓挫起伏與裝造字句,「頓挫」、「倒裝」與「裝造字句」等等形態都是筆力有餘的呈現,所以這類杜詩具備「雄深雅健」的風格。

第六章是結論。本章綜結自宋代「規矩」說興起之後,杜詩「頓挫」的研究所形成「以文為詩」的論題;杜詩「句法」的探索所形成杜詩句法與詮釋理論,而杜詩「頓挫起伏」與「裝造字句」是其「雄深雅健」詩風的重要條件。就「雄深雅健」而言,「頓挫起伏」與「裝造字句」缺一不可。

本書嘗試以邏輯作為基本的研究方法,以傳統三段論或類比論證等重構古人論述或思考的過程,一窺其論述的整體,希冀見樹又見林。此基礎上,再以傳統三段論或類比論證等,建構杜詩相關的論述,使研究脫離片言隻語的原則性描述,如此,始能較整全且連貫地解釋杜詩學相關現象。

本書第三章曾以〈杜甫以文為詩說〉之名,發表於《淡江中文學報》第13期（2005年12月）；第四章曾以〈黃生的杜詩句法與詮釋〉之名,發表於《慈濟技術學院學報》第16期（2011年）,今併將兩文增改修刪。

第二章
以杜為師

　　杜甫及其詩作在唐代較不受重視，地位大幅提升主要是在宋代完成。何以杜甫及杜詩在宋代詩壇地位可以大幅提升呢？提升的方式又是什麼呢？杜甫及杜詩在宋代地位提升的因素主要有：《杜工部集》的編成刊行、儒學復興、宋儒推崇、文壇領袖與文學集團推揚等等。因此杜甫及其詩歌在北宋中後期詩壇上臻至一定地位。宋人藉由杜甫與其他詩人的比較方式，如個人情志、詩歌風格與國家意識等等的互相對照，體現杜甫的卓絕優異；並在「取法乎上」觀念的推波助瀾下，群起師法杜詩。宋代以降前賢不僅追求詩藝，更講究道德人格。「以杜為師」的內涵有二：學習杜詩；效法杜甫。學習效法的理由不一，包含杜甫能「情不忘君」，秉性「溫柔敦厚」；其詩能繼跡風雅、蘊含教化與備集大成等。

　　此論題範圍較為繁瑣細雜，本章基本上是以杜甫、杜詩與杜詩學範圍為探究進路，嘗試建構古人「以杜為師」的論述，及其思考的理路。

第一節　杜詩與大雅之作

　　自古以來，前賢基本上認為：杜甫的詩歌是值得學習效法的楷範，杜甫不僅是詩學宗師，甚至是萬世宗匠。譬如：

　　　　蔡夢弼（生卒年不詳）說：「少陵先生，博極羣書，馳騁今古，

周行萬里,觀覽謳謠,發為歌詩,奮乎〈國風〉、〈雅〉、〈頌〉不作之後,⋯⋯。自唐迄今,餘五百年,為詩學之宗師,家傳而人誦之。」[1]

張琦(約1522左右)說:「少陵千載是吾師!」[2]

韓楚原(生卒年不詳)說:「少陵之詩,不惟可以橫絕一代,直足以縱橫古今,為萬世作者宗匠。」[3]

　　古典詩壇上這種推崇學習杜詩的現象,主要是形成在宋代。仇兆鰲(1638-1717)即曾指出宋儒特別推崇杜詩,他說:「唐世詩家最盛,李、杜獨推絕唱,故昌黎有云:『李杜文章在,光芒萬丈長。』元微之作〈少陵墓志〉,則以為『千古一人』,厥後宋儒尤崇推崇杜氏,王介甫選四家詩,則杜居第一,而李第四。是有推為『周公制作』者,有推為『孔子大成』者,有推為『詩之□』者,有推為『詩中史』者,有推為『詩中經』者。⋯⋯。考宋元以□,學杜者多人。」[4]韓愈與元稹雖曾盛讚杜甫,但唐代仍未形成一股推崇學習杜詩的現象。迨至宋

---

[1] 〔宋〕蔡夢弼:〈杜工部草堂詩箋跋〉,見《草堂詩箋》(臺北:廣文書局,1971年),頁20-21。

[2] 〔明〕張琦:《白齋竹里詩集續・讀杜詩》,見《四庫全書存目叢書》(臺南:莊嚴文化事業有限公司,1997年),集部第52冊,頁140。

[3] 〔清〕韓楚原:〈重刊錢牧齋箋注杜工部詩弁言〉,見《清代杜集序跋滙錄》(北京:人民文學出版社,2017年),頁19。

[4] 孫微輯校:《清代杜集序跋滙錄》,頁174-175。另外,〔清〕仇兆鰲《杜詩詳注》(臺北:里仁書局,1980年)「杜詩褒貶」又說:「自元微之作〈序銘〉,盛稱其所作,謂自詩人以來,未有如子美者。故王介甫選四家詩,獨以杜居第一。秦少游則推為『孔子大成』,鄭尚明則推為『周公制作』,黃魯直則推為『詩中之史』,羅景綸則推為『詩中之經』,楊誠齋則推為『詩中之聖』,王元美則推為『詩中之神』。諸家無不崇奉師法。」(「杜詩凡例」,頁23)

朝，尤其宋儒格外推崇杜甫，王安石（1021-1086）選四家詩，杜甫居首；敖陶孫（1154-1227）推為「周公制作」；[5]秦觀（1049-1100）推為「孔子大成」；楊萬里（1127-1206）推為「詩中之聖」；[6]黃庭堅（1045-1105）推為「詩中之史」，羅大經（1196-1252後）推為「詩中之經」，宋代以降，學習杜詩者多矣。由於宋人崇敬杜甫詩歌，於是掀起學習杜詩的浪潮。在杜詩學中，宋儒專推杜詩，譬如四家詩中王安石評杜第一，實有助提升杜詩在宋代的地位。

呂午（約1240左右）也曾說：「唐詩惟杜工部號『集大成』，自我朝數鉅公發明之，後孳咸知宗師，如車指南，罔迷所向也。」[7]宋人發明杜詩「集大成」稱號，將杜甫與孔子並提，賦予杜詩極為尊崇的地位；呂午再將杜詩與指南車譬比。由於指南車能指明方向，使人遵行；凡能辨明方向者皆能使人遵循，抵達目標。今杜甫在詩學上不僅能集古今詩歌風格之大成，更能為後學指明詩歌創作宗旨與方向，因此杜甫堪為後世宗師，足為學者楷範。也就是說，宋人以杜為師是因為宋人推尊杜詩的緣故。

由於宋、明時人推重杜詩，因而要求學詩當以杜詩為矜式，尤以杜甫詩法為要津。吳瞻泰〈評杜詩略例〉說：「黃魯直則推為『詩中之史』；羅景綸則推為『詩中之經』；楊誠齋則推為『詩中之聖』；王鳳洲則推為『詩中之神』。諸家所論雖不同，而莫不以法為宗焉。」[8]

---

5 「周公制作」非鄭昂（1115進士，字尚明）之語，乃敖陶孫之言，前註仇兆鰲之說有誤。
6 〔宋〕楊萬里〈江西宗派詩序〉說：「蘇、李之詩，子列子之御風也；杜、黃之詩，靈均之乘桂舟、駕玉車也。無待，神於詩者歟？有待而未嘗有待者，聖於詩者歟？」《誠齋集》，見《文瀾閣四庫全書》（杭州：杭州出版社，2015年），第1195冊，卷80，頁66。
7 〔宋〕呂午：〈書題紫芝編唐詩〉，見《竹坡類稿》，收於《北京圖書館古籍珍本叢刊》（北京：書目文獻出版社，1988年），第89冊，卷3，「題跋」，頁304。
8 〔清〕吳瞻泰：〈評杜詩略例〉，見《清代杜集序跋滙錄》，頁164。

宋人尊杜為「詩中之史」、「詩中之經」、「詩中之聖」；明人王世貞尊為「詩中之神」，推崇備至。古人不止提倡學習杜詩，甚至強調以詩法為根本，以杜詩規矩為主要學習對象。

但這是北宋中、後期以降所形成的現象，此前杜詩在宋代地位實非如此。一般以為，杜甫及其詩作在唐代並未受到重視與青睞，[9]此是無庸置疑的，這是因為杜詩在唐代較不為人知，且流傳有限的緣故。[10]不僅如此，這也是宋初杜甫在詩壇受到輕待的原因，一直要到《杜工部集》編成刊行才獲得明顯改善。但是中、晚唐仍有少部分士人予以杜詩高度評價，其中最特別的是肯定杜詩中有大雅之作，樊晃〈杜工部小集序〉說：

> 工部員外郎杜甫，字子美。……。文集六十卷，行于江漢之南。……。江左詞人所傳誦者，皆君之戲題劇論耳。曾不知君有大雅之作，當今一人而已。[11]

---

9 陳文華《杜甫傳記唐宋資料考辨》（臺北：文史哲出版社，1987年）說：「最為顯著的一項例證是，在唐代的詩選界中，我們可以發現，杜甫的地位，實在十分渺小。就今存的十種『唐人選唐詩』而言，杜甫只在韋莊編的『又玄集』裏被選了七首詩，而這十種選集現存的選錄情況是，家數凡三九二人，總數是一五二二首次（有些作品被重複選錄）。選集顯示的主要意義，乃在反映編選者的價值取向；而既為一批當代選集，當然更可呈現當代的共同取向。因此，杜甫在選集中所受到的輕忽待遇，正可充分說明其在唐代被冷落的現象。」（頁268）

10 陳文華《杜甫傳記唐宋資料考辨》說：「元結『篋中集』選於肅宗乾元三年，高仲武『中興間氣集』則錄『自至德元首，終於大曆暮年』的作家，且兩編的宗旨，皆在反對『拘限聲病，喜尚形似，以流易為詞』，『取媚薄俗』的作品，與杜甫詩風也頗為契合，而杜甫皆未蒙採錄，則又何說？唯一的解釋，便是杜詩當時不為人所知，流傳有限，遂成遺珠。」（頁269）

11 〔清〕錢謙益：《錢注杜詩》（上海：上海古籍出版社，2009年），附錄，頁709。

題下標明「潤州刺史樊晃」,[12]〈序〉文乃樊晃官潤州時作;樊晃官潤州刺史在大曆五年至六年間（770-771）,[13]所以此文約作於大曆五、六年左右。樊晃用「大雅之作」諸字形容部分杜詩,「大雅之作」謂杜詩可用之於世,並強調現在世上只有杜甫一人而已,賦予杜甫與杜詩極高評價,且是目前所知最早指出杜甫有大雅作品的唐人。雖然文辭簡潔,卻首開杜詩承繼《三百篇》說法之路。

自此杜詩具有大雅或風雅屬性,逐漸被唐人發現並肯定,這當中最全面且深入就屬元稹（779-831）,〈唐故檢校工部員外郎杜君墓係銘並序〉說:

> 予讀詩至杜子美,而知小大之有所總萃焉。始堯舜之時,君臣以賡歌相和。是後詩人繼作,歷夏、殷、周千餘年,仲尼緝拾選揀,取其干預教化之尤者三百,餘無所聞。騷人作而怨憤之態繁,然猶去風雅日近,尚相比擬。……。至於子美,蓋所謂上薄風雅,下該沈宋,言奪蘇李,氣吞曹劉,掩顏謝之孤高,雜徐庾之流麗,盡得古今之體勢,而兼人人之所獨專矣。使仲尼考鍛其旨要,尚不知貴其多乎哉！苟以為能所不能,無可無不可,則詩人已來,未有如子美者。是時山東人李白,亦以文奇取稱,時人謂之李杜。予觀其壯浪縱恣,擺去拘束,模寫物象,及樂府歌詩,誠亦差肩於子美矣。至若鋪陳終始,排比聲韻,大或千言,次猶數百,詞氣豪邁而風調清深,屬對律切而

---

12 〔清〕錢謙益:《錢注杜詩》,附錄,頁709。
13 郁賢皓:《唐刺史考全編》（合肥:安徽大學出版社,2000年）,卷137,頁1858。周采泉《杜集書錄》（上海:上海古籍出版社,1986年）說:「大曆間曾官硤石主簿、潤州刺史,與劉長卿、皇甫冉等,均有唱和。」（頁255）

脫棄凡近，則李尚不能歷其藩翰，況堂奧乎！[14]

首先，孔子對於《詩經》選取標準是「溫柔敦厚」的教化功能。其次，元稹肯定杜詩能上薄風雅，那麼杜詩也具有「敦厚溫柔」的教化屬性。這個見解基本上跟樊晃的想法接近，卻更加具體且論述深入。元稹指出：杜詩已達到《三百篇》緝選標準，所謂「上薄風雅」、「使仲尼考鍛其旨要，尚不知貴其多乎哉」諸語；孔子所定《詩經》選揀依據為「溫柔敦厚」的敷教作用，此即「仲尼緝拾選揀，取其干預教化之尤者三百篇」之謂，因此杜詩也具有「溫柔敦厚」陶染作用。第三，元稹當時已有人將「李杜並舉」；元稹更進一步藉由「李杜並舉」的方法，抑損李詩，來突顯杜甫詩歌的價值。姑不論李、杜兩人詩歌藝術的價值與差異，不可否認，「李杜並舉」並「抑損李詩」在中唐是政治正確的抉擇。這種透過「李杜並舉」進而稱頌杜甫，抬高杜詩地位，是元稹以後、宋代以降古人的重要方法。

白居易（772-846）寫給元稹書信也有類似觀點，〈與元九書〉說：

聞五子洛、汭之歌，則知夏政荒矣。言者無罪，聞者作戒，言者聞者莫不兩盡其心焉。洎周衰秦興，採詩官廢，上不以詩補察時政，下不以歌洩導人情，乃至於諂成之風動，救失之道缺，于時六義始刊矣。……。唐興二百年，其間詩人不可勝數。所可舉者，陳子昂有〈感遇〉詩二十首、鮑魴有〈感興〉詩十五首。又詩之豪者，世稱李杜之作。才已奇矣，人不逮矣。索其風雅比興，十無一焉。杜詩最多，可傳者千餘篇，至

---

[14]〔後晉〕劉昫等奉敕撰：《舊唐書》，見《文淵閣四庫全書》（臺北：臺灣商務印書館，1986年），第271冊，卷190下，頁600-601。

于貫穿今古，覿縷格律，盡工盡善，又過於李。然攝其〈新安吏〉〈石壕吏〉〈潼關吏〉〈塞蘆子〉〈留花門〉之章，「朱門酒肉臭，路有凍死骨」之句，亦不過三四十首。杜尚如此，況不逮杜者乎。[15]

　　白居易認為：《詩三百》（或詩歌）的必要條件至少有二，就作用言，須能補察時政，明瞭政教得失；洩導人情，吟詠情性。就方法言，須能「上以風化下，下以風刺上，主文而譎諫」，使言者無罪，聞者足戒。這也是傳統儒家詩教的觀念。唐代眾多詩人之中，杜甫的部分詩歌可以達到《詩三百》上述這兩個條件，如〈新安吏〉〈石壕吏〉〈潼關吏〉〈塞蘆子〉〈留花門〉等等詩歌。因此在作用上，杜詩能起考察補救時政、洩導人情之效用；在方法上，杜詩藉由「溫柔敦厚」的方法，能「依違諷諫不指切事情」，使言者無罪，聞者足以戒，教化風俗。倘若比較元、白兩人看法，除了「溫柔敦厚」的教化之道以外，白居易更進一步暗示杜詩具有補察時政、洩導人情的功用。白居易同樣將李杜並舉，杜詩成就超越李詩的關鍵就在上述這兩點上。自此，「李杜並舉」，推揚杜甫，貶抑李白，幾乎成了後來宋人拉高杜甫聲望的重要途徑。

　　「李杜並舉」並不意指推揚杜甫，貶抑李白，有時只是同時並

---

15 〔唐〕白居易：〈與元九書〉，見《白氏長慶集》，收於《文津閣四庫全書》（北京：商務印書館，2006年），第1084冊，卷45，頁476-477。後世學者也有認為：杜甫此類作品不只三四十首。黃徹說：「長慶論『詩之豪者，世稱李杜。索其風雅比興，十無一焉。杜詩最多，可傳者千餘，至於貫穿今古，覿縷格律，盡工盡善，又過於李。然攝其〈新安〉〈石壕〉〈潼關吏〉〈蘆子〉〈花門〉之章，『朱門酒肉臭，路有凍死骨』之句，亦不過三四十。杜尚如此，況其下乎。』今觀《杜集》，憂戰伐，呼蒼生，憫瘡痍者，往往而是，豈直三四十而已哉！豈樂天未嘗熟考之耶？」見《杜甫卷》（北京：中華書局，2001年），第2冊，頁489。

舉，頌揚兩人而已，茲羅列如下：

> 韓愈（768-824）〈調張籍〉說：「李杜文章在，光豔萬丈長。不知群兒愚，那用故謗傷？」[16]

> 杜牧（803-852）〈雪晴訪趙嘏街西所居三韻〉說：「命代風騷將，誰登李、杜壇？」[17]

> 司空圖（837-908）〈與王駕評詩〉說：「國初，上好文章，雅風特盛。沈、宋始興之後，傑出于江寧，宏思于李杜，極矣。」[18]

中、晚唐以後「李杜並舉」可以細分為兩類：一是李杜並列，稱譽兩人，未分軒輊，韓愈、杜牧、司空圖等屬此；一是李杜並舉，推頌杜甫，貶損李白，元稹、白居易等屬此。由於元稹、白居易兩人皆崇杜抑李，利用李杜並稱，褒杜貶李。元、白這種藉由唐代詩人間的對比，抑李而申杜，基本上為宋人所沿用。因此元、白之後，憑據探索杜甫與其他詩人間的優劣比較，就逐漸成為宋代提升杜甫地位的一種主要方法。趙翼（1727-1814）曾說：「李、杜詩垂名千古，至今無人不知，然當其時則未也。……。至元、白，漸申杜而抑李。微之序

---

16 〔唐〕韓愈撰；〔宋〕魏仲舉集注：《五百家注昌黎文集》，見《文淵閣四庫全書》，第1074冊，卷5，頁114。或以為韓愈之語乃針對元稹而發，〔宋〕張戒《歲寒堂詩話》說：「元微之嘗謂自詩人以來，未有如子美者，而復以太白為不及。故退之云：『不知群兒愚，那用故謗傷？』退之于李杜，但極口推尊，而未嘗優劣，此乃公論也。」見《歷代詩話續編》（北京：中華書局，2001年），上冊，卷上，頁451。
17 〔唐〕杜牧；〔清〕馮集梧注：《樊川詩集注》（上海：上海古籍出版社，1998年），卷2，頁184。
18 〔唐〕司空圖著；祖保泉、陶禮天箋校：《司空表聖詩文集箋校》（合肥：安徽大學出版社，2002年），卷1，頁189。

杜集云：是時李白，亦以能詩名，然至於『鋪陳終始，排比聲韻，大或千言，次猶數百，詞氣豪邁而風調清深，屬對律切而脫棄凡近，則李尚不能歷其藩翰，況堂奧乎』。香山亦云：李白詩，才矣奇矣，然不如杜詩『可傳者千餘首。貫穿今古，覼縷格律，盡善盡工，又過於李焉』。自此以後，北宋諸公皆奉杜為正宗，而杜之名遂獨有千古。」[19]元稹、白居易兩人申杜抑李，試圖提升杜甫在詩壇的地位，降及北宋中後期杜詩始受奉正宗，獨具流傳千古的價值。

　　總結而言，杜甫及其詩歌在唐代並未受到應有的重視，這是由於不為人知且流傳有限使然。即使如此，仍有部分士人高度評判杜甫，譬如樊晃稱譽杜詩有「大雅之作」；元稹褒贊子美能「上薄風雅」；白居易推崇暗示少部分杜詩能補察時政，洩導人情，使言者無罪、聞者足戒。這些贊語在北宋以後逐漸成為主流看法。

第二節　宋代杜詩地位提升的推力

　　除前述所云「宋儒推崇杜詩」外，還可以從四個方面說明：《杜工部集》的編成刊行、儒學復興、文壇領袖與文學集團的推揚。然而在此之前，先描述一下宋初詩壇情形。

　　宋初詩壇基本上尊崇唐人，以唐人為師，王禹偁（954-1001，字元之，世稱王黃州）即學白居易，蔡居厚（？-1125）《蔡寬夫詩話》說：

> 國初沿襲五代之餘，士大夫皆宗白樂天詩，故王黃州主盟一時。[20]

---

19 〔清〕趙翼：《甌北詩話》，見《清詩話續編》（臺北：藝文印書館，1985年），第2冊，卷2，頁1154-1155。

20 郭紹虞輯：《宋詩話輯佚》（臺北：華正書局，1981年），卷下，頁398。此外，宋仁

北宋初年士大夫大抵尊崇白居易詩歌，因此王禹偁當然也效法白居易詩，甚至為一時盟主。

宋真宗祥符（1008-1016）、天禧（1017-1021）年間，楊億（974-1020，字大年，諡號「文」）、劉筠（971-1031，字子儀）與錢惟演（997-1034，諡號「思」，後改諡「文僖」）等人專喜李商隱（813-858）詩歌，創作的詩歌時號為西崑體；楊億等人還酷愛唐彥謙（？-893）詩作，《蔡寬夫詩話》又說：

> 祥符、天禧之間，楊文公、劉中山、錢思公專喜李義山，故崑體之作，翕然一變。而文公尤酷嗜唐彥謙詩，至親書以自隨。[21]

楊億、劉筠與錢惟演等人彼此以詩歌唱和，專學李商隱，多用故實，自《西崑酬唱集》出後，人爭隨效仿，詩風倏忽一變，號為「崑體」。[22] 楊億與劉筠也因為唐彥謙用事巧妙精細，對偶切近準確，因而

宗時期也有數位達官仰慕白居易詩，歐陽修《六一詩話》說：「仁宗朝，有數達官，以詩知名。常慕『白樂天體』，故其語多得於容易。嘗有一聯云：『有祿肥妻子，無恩及吏民。』」見《歷代詩話》（北京：中華書局，2001年），上冊，頁264。

21 華文軒編：《杜甫卷》，第1冊，頁176。就專喜李義山詩言，〔宋〕劉攽（1023-1089）曾說：楊億、劉筠、錢惟演與晏殊（991-1055，諡號「元獻」）等人，詩歌創作崇尚李商隱，《中山詩話》說：「祥符、天禧中，楊大年、錢文僖、晏元獻、劉子儀以文章立朝，為詩皆宗尚李義山，號《西崑體》，後進多竊義山語句。」（見《歷代詩話》，上冊，頁287）就喜愛唐彥謙詩言，葉夢得（1077-1148）《石林詩話》也曾說：「楊大年、劉子儀皆喜唐彥謙詩，以其用事精巧，對偶親切。」（見《歷代詩話》，上冊，頁416）

22 歐陽修《六一詩話》說：「楊大年與錢、劉數公唱和，自《西崑集》出，時人爭效之，詩體一變。而先生老輩，患其多用故事，至於語僻難曉。殊不知自是學者之弊。」（見《歷代詩話》，上冊，頁270）歐陽修《六一詩話》又說：「陳舍人從易，當時文方盛之際，獨以醇儒古學見稱。其詩多類白樂天。蓋自楊、劉唱和，《西崑集》行，後進學者爭效之，風雅一變，謂『西崑體』。由是唐賢諸詩集幾廢而不行。」（見《歷代詩話》，上冊，頁266）最後，魏泰《臨漢隱居詩話》也說：「楊

喜愛其詩。

又有九僧：希晝、保暹、文兆、行肇、簡長、惟鳳、惠崇（965-1017）、宇昭與懷古等人，[23]諸人學晚唐詩，元‧方回（1227-1307）即曾說：

> 宋詩有數體：有九僧體，即晚唐體也；有香山體者，學白樂天；有西崑體者，祖李義山。[24]

此外，盛度（968-1041，諡文肅）學韋應物（737？-797？），歐陽修（1007-1072）學韓愈古詩，梅堯臣（1002-1060，字聖俞）學唐人平澹處，嚴羽說：

> 國初之詩尚沿襲唐人：王黃州學白樂天，楊文公、劉中山學李商隱，盛文肅學韋蘇州，歐陽公學韓退之古詩，梅聖俞學唐人平澹處。[25]

億、劉筠作詩務積故實，而語意輕淺。一時慕之，號『西崑體』，識者病之。」（見《歷代詩話》，上冊，頁328）

23 司馬光《溫公續詩話》說：「歐陽公云：《九僧詩集》已亡。元豐元年秋，余遊萬安山玉泉寺，于進士閔交如舍得之。所謂九詩僧者：劍南希晝、金華保暹、南越文兆、天台行肇、沃州簡長、貴城惟鳳、淮南惠崇、江南宇昭、峨嵋懷古也。直昭文館陳充集而序之。其美者亦止于世人所稱數聯耳。」（見《歷代詩話》，上冊，頁280）此外，歐陽修《六一詩話》也說：「國朝浮圖，以詩名於世者九人，故時有集號《九僧詩》，今不復傳矣。余少時聞人多稱之。其一曰惠崇，餘八人者，忘其名字也。余亦畧記其詩，有云：『馬放降來地，鵰盤戰後雲。』又云：『春生桂嶺外，人在海門西。』其佳句多類此。」（見《歷代詩話》，上冊，頁266）

24 〔元〕方回：《方回詩話》，見《遼金元詩話全編》（南京：鳳凰出版社，2006年），第2冊，頁615。

25 〔宋〕嚴羽；郭紹虞校釋：《滄浪詩話校釋》（臺北：里仁書局，1987年），「詩辨」，頁26。

歐陽修不僅學習韓愈詩歌，也喜愛李白詩歌，張戒說：「歐陽公詩學退之，又學李太白。」[26]宋初詩壇大抵沿襲中、晚唐詩風，包括王禹偁學白居易詩；楊億、劉筠與錢惟演等人專喜李商隱詩歌，楊億又酷嗜唐彥謙詩；九僧人學晚唐詩歌；盛度學韋應物，歐陽修學李白、韓愈詩歌，梅堯臣則學唐人平澹處等等。

從宋初詩壇流行風尚來看，他們學習效法的唐代詩人有：李白、韋應物、韓愈、白居易、李商隱、唐彥謙等，甚至晚唐詩人；但是做效學習的唐代詩人並無杜甫，可見杜詩在宋初並不流行，甚至不被宋初多數重要詩人賞識。這兩者實是一體兩面。茲舉例如下：

劉攽說：「楊大年不喜杜工部詩，謂為村夫子。……。歐公亦不甚喜杜詩，謂韓吏部絕倫。吏部於唐世文章未嘗屈下，獨稱道李杜不已。歐貴韓而不悅子美；所不可曉，然于李白而甚賞愛。」[27]

蔡絛（？-1126）說：「至楊大年億，國朝儒宗，言少陵村夫子。歐陽文忠公每教學者，先李不必杜，又曰：『甫於白得二節耳。天才高放，非甫所能到也。』」[28]

邵博（？-1158）說：「歐陽公於詩主韓退之，不主杜子美。」[29]

---

26 〔宋〕張戒：《歲寒堂詩話》，見《歷代詩話續編》，上冊，卷上，頁451-452。
27 〔宋〕劉攽：《中山詩話》，見《歷代詩話》，上冊，頁288。
28 〔宋〕蔡絛：《西清詩話》，見《宋詩話全編》（南京：江蘇古籍出版社，1998年），第3冊，頁2517。
29 〔宋〕邵博撰；劉德權、李劍雄點校：《邵氏聞見後錄》（北京：中華書局，2006年），卷19，頁149。

杜詩於中晚唐較鮮為人知,傳播又受限;宋初杜詩又不受多數詩人推崇喜愛,因此從中晚唐至北宋初期杜甫在詩界未受青睞,備受冷落。蘇舜欽(1008-1048)〈題杜子美別集後〉曾說:「〈杜甫本傳〉云:『有集六十卷。』今所存者,才二十卷。又未經學者編輯,古律錯亂,前後不倫,蓋不為近世所尚,墜逸過半。吁!可痛閔也!……。景祐三年(1036)十二月五日長安題。」[30]杜詩不受近世崇尚,因而為人忽略,受到冷遇,進而亡佚大半;另一方面,又未經蒐羅編輯刊行,致古律紛亂,前後失序,因此散失過半。

　　杜詩地位頹勢反轉的關鍵之一就在於王洙(997-1057,字原叔)於寶元二年(1039)編成《杜工部集》,[31]其後王琪(約1056左右在世)於嘉祐四年(1059)加以刊行。[32]晁說之(1059-1129)〈成州同谷縣杜工部祠堂記〉說:

> 有良玉必有善賈,厚矣韓文公之德吾工部也,自是而工部嶷嶷絕去一代頡頏不可撓屈之士而嶽立矣,然猶惜也,何庸李白之抗也!……。李則楚也,亦不得與杜並矣,況餘子哉。……。以故杜之獨尊于大夫學士,其論不易矣。而在本朝王元之學白公,楊大年矯之,專尚李義山,歐陽公又矯楊而歸韓門,而梅

---

30 華文軒:《杜甫卷》,第1冊,頁73。此外,周采泉《杜集書錄》曾說:「蘇舜欽之輯《老杜別集》,在景祐間。早於王洙之編次《杜集》二至四年,而各不相謀。」(頁267)

31 王洙〈杜工部集記〉有「寶元二年十月王原叔記」諸字,見《杜工部集》(臺北:臺灣學生書局,1967年),頁4。

32 王琪〈後記〉有「嘉祐四年四月望日姑蘇郡守太原王琪後記」諸字,見《杜工部集》,頁896。此外,周采泉《杜集書錄》也曾說:「王洙本恐未刊,故不著板刻,舊稱此本為寶元本,……,非也。寶元二年為編成之年,非刊行之年,此書之刻當在嘉祐四年(1059)。」(頁5)

> 聖俞則法韋蘇州者也。實自王原叔始勤於工部之數集，定著一書，懸諸日月矣。然孰為真識者，靡靡徒以名得之歟。唯知其為人世濟忠義，遭時艱難，所感者益深，則真識其詩之所以尊，而宜夫數百年之後，即其流寓之地而祠之不忘也。工部之詩，一發諸忠義之誠，雖取以配《國風》之怨，《大雅》之羣，可也。……。宣和五年（1123）。[33]

宋初詩壇上，杜詩較不為人知，又非時代流行，因此宋初詩界杜甫較受輕忽。然而，良玉亦須善賈，騏驥必待伯樂，扳轉契機就在王洙《杜工部集》的編成並其後的刊行。杜詩自王洙重新編定成書後，恰如日月懸照天空，可為詩國久恆典範。杜詩價值始更廣為士人認識。孰得詩歌真諦，還是浪得虛名，不言而喻。由於杜詩編輯刊行，廣為傳布，價值漸為人知——其詩發諸忠義，可配《三百篇》，因此獨尊於士大夫。杜詩價值漸為宋人覺察，暨詩壇地位提升，須歸功於《杜工部集》的編成刊刻。趙翼也說：「杜少陵一生窮愁，以詩度日，其所作必不止今所傳古體三百九十首，近體一千六首而已。使一無散失，後人自可即詩以考其生平。惜乎遺落過半！韓昌黎所謂『平生千萬篇』，『雷電下取將，流落人間者，泰山一毫芒』。此在唐時已然矣。幸北宋諸公，搜羅掇拾，彙為全編。」[34]沈元滄也曾說：「少陵自許稷契，鬱不得舒，坎壈終身，僅以詩傳於世，而干戈俶擾，幾致湮沒，賴北宋諸君子搜亡補缺，集以全完，復為考訂援引，疏通證明，而後其道大顯。」[35]杜甫在唐代創作的詩歌，不只累牘成千，可能盈

---

33 〔宋〕晁說之：《景迂生集》，見《文淵閣四庫全書》，第1118冊，卷16，頁317。
34 〔清〕趙翼：《甌北詩話》，見《清詩話續編》，第2冊，卷2，頁1150。
35 劉明華編：《杜甫資料彙編（清代卷）》（北京：中華書局，2021年），第10冊，頁886。

篇上萬,卻散失不完,真正流傳後代民間,不過只是泰山一毫芥罷了,殊為可惜。幸賴北宋諸君子,搜羅研稽,彙為全編,刊印發行,杜詩不僅得以保存,始更廣為人知。北宋杜詩的編集刊行,有利杜詩的流傳,使人更認識其價值,助於提高名望。

另一方面,宋仁宗慶曆六年(1046)范仲淹(989-1052)撰作〈岳陽樓記〉,是文雖寫巴陵勝狀,洞庭美景,但在學術史上則標識儒學在宋代逐漸的興復,文云:

> 予嘗求古仁人之心,或異二者之為,何哉?不以物喜,不以己悲。居廟堂之高,則憂其民;處江湖之遠,則憂其君。是進亦憂,退亦憂。然則何時而樂耶?其必曰「先天下之憂而憂,後天下之樂而樂」乎!噫微斯人,吾誰與歸?[36]

范仲淹指出:遷客騷人遇雨則悲,因晴而喜。諸人以物喜,以物悲,以己喜,以己悲;以環境順逆而悲歡,因個人窮達而憂喜。

相異於遷客騷人,古代仁者的形象是:居廟堂之高,則憂其民;處江湖之遠,則憂其君。在朝憂民;在野憂君。因此古仁人進亦憂民,退亦憂君。所憂者為君民,非以個人進退順逆而悲喜苦樂,所以古代仁人「不以物喜,不以己悲」。雖明言國君,背後實是國家。就儒家而言,感時憂國與經世濟民不僅是傳統文人的情懷與理想,也是古代仁者的必備條件。

其中,「先天」兩句語出《孟子》而更加進化,〈梁惠王下〉說:「樂以天下,憂以天下,然而不王者,未之有也。」[37]孟子認為:稱王的條件之一須樂以天下,憂以天下,即以天下(人)之樂為樂,以

---

36 〔宋〕范仲淹:《范文正集》,見《文淵閣四庫全書》,第1089冊,卷7,頁623。
37 〔宋〕朱熹:《四書章句集註》(臺北:鵝湖月刊出版社,2010年),頁216。

天下（人）之憂為憂。范仲淹承繼孟子思想，並把身份從「王者」擴成「仁人」，把時間從「古代」含及「現在」，將順序從「樂以天下，憂以天下」調整為「先天下之憂而憂，後天下之樂而樂」，這意謂真正仁者乃全然以百姓國家為核心；百姓國家優先於個人。問題是：仁者何時才可以快樂呢？要等到天下和平安樂之後，仁者才能獲得真正快樂，至少要達到孔子大同和樂的政治社會始有可能。如此幾乎已臻至犧牲小我，甚至無我無私的境界，此實亦范仲淹描繪的儒家政治理想與個人內心寫照。〈岳陽樓記〉一文內容可說是宋代儒學逐漸興復的重要表徵之一。

宋代以降即認為杜甫符合儒家仁者形象，宋‧黃徹（1093-1168）《䂬溪詩話》說：「觀〈赴奉先詠懷五百言〉，乃聲律中老杜心迹論一篇也。自『杜陵有布衣，老大意轉拙。許身一何愚，自比稷與契』，其心術祈嚮，自是稷契等人。『窮年憂黎元，歎息腸內熱』，與飢渴由己者何異！然常為不知者所病，故曰『取笑同學翁』。世不我知，而所守不變，故曰：『浩歌彌激烈。』又云：『非無江海志，蕭灑送日月。』『當今廊廟具，建廈豈云缺。葵藿傾太陽，物性固莫奪。』言非不知隱遁為高也，亦非以國無其人也，特廢義亂倫，有所不忍。『以茲悟生理，獨恥事干謁』，言志大術疏，未始阿附以借勢也，為下士所笑，而浩歌自若；皇皇慕君，而雅志棲遲，既不合時，而又不少低屈。皆設疑互答，屢致意焉。非巨刃有餘，孰能之乎？中間鋪敘，間關酸辛，宜不勝其戚戚。而『默思失業徒，因念遠戍卒』，所謂憂在天下，而不為一己失得也。禹、稷、顏子不害為同道，少陵之迹江湖而心稷契，豈為過哉！孟子曰：『窮則獨善其身，達則兼濟天下。』其窮也未嘗無志于國與民，其達也未嘗不抗其易退之節，蚤謀

先定，出處一致矣。是詩先後周復，正合乎此。」[38]杜甫「憂在天下，而不為一己失得」，與儒家仁者「先天下之憂而憂」「不以物喜，不以己悲」形象符合。因此宋人認為杜甫與儒家仁者心懷兩相契合。

清・納蘭常安〈杜甫論〉也曾說：「古人有言，居廊廟之上，不忘其民，處江湖之遠，則憂其君，以天下為己任，不遑恤其身者，其志常先天下而憂，后天下而樂。唐杜少陵遭時艱難，遇主於巷，功不顯著，而忠君愛國、纏綿悱惻之意，時寄於詩歌。後之人誦其詩，如見其心，其自比於稷契也，為不誣矣。」[39]杜甫不只是憂國憂民、以天下為己任的儒家仁者，杜甫當也是宋儒以下繼孔、孟之後，想要一同追隨並實現大同淳和之道的仁者。

宋代儒學興復與杜甫地位關係密切。隨著宋代儒學逐漸復興，杜甫名望也隨之拉升。宋代儒學興復後，高度重視國家與百姓，政治上標舉憂國憂民旗幟；這種國家意識與杜甫詩中憂君愛民——「一飯不忘君國」（劉濬〈杜詩集評自序〉；見後引文）[40]，若合一契，兩相符應。

若就范仲淹〈岳陽樓記〉言，杜甫誠為古代仁者降世，無論在朝在野，時刻愛君憂民，作品沈鬱頓挫，幾無快樂詩作。北宋此等政治

---

38 〔宋〕黃徹：《䂬溪詩話》（北京：人民文學出版社，1998年），卷10，頁186-187。另外，郝敬（1558-1639）也曾說：「杜甫詩多感時憂國，卓有仁人義士之風，非獨才致兼人也。」見《明詩話全編》（南京：江蘇古籍出版社，1997年），第6冊，卷3，頁5929。
39 劉明華編：《杜甫資料彙編（清代卷）》，第10冊，頁1044。
40 李綱（1083-1140）說：「平生忠義心，多向詩中剖。憂國與愛君，誦說不離口。」〔宋〕李綱：〈五哀詩・唐工部員外郎杜甫〉，《梁溪先生文集》，見《宋集珍本叢刊》（北京：綫裝書局，2004年），第36冊，卷19，頁410。李綱特別強調杜詩忠義之心與愛君憂國的特色。另外，王文祿（1584左右）也說：「杜值天寶之季，兵亂世危，其愛君憂民之心，經國匡時之略，每於詩中見之。」〔明〕王文祿：《詩的》，見《明詩話全編》，第9冊，頁8972。杜甫愛君憂民、經國濟世之意，時見詩中。

圖騰與杜詩內容精神符應，詩人之中幾乎只有杜集有之，這著實推升杜甫地位，[41]因此隨著宋代儒學日漸復興，杜甫在詩壇地位也明顯抬升。蔡居厚曾說：「景祐（1034-1038）、慶歷（1041-1048）後，天下知尚古文，於是李太白韋蘇州諸人，始雜見於世，杜子美最為晚出，三十年來學詩者，非子美不道，雖武夫女子皆知尊異之。李太白而下，殆莫與抗。文章隱顯，固自有時哉！」[42]文章作品的隱沒與顯揚，端看是否能遭逢有利時機，合乎時勢需要。杜詩符合宋代儒學復興在政治上的需要，這是時勢使然，所謂「固自有時哉」，因此地位大大提升。

宋代杜甫地位提升的因素尚有：文壇領袖與文學集團的推揚。

就文壇領袖推崇而言，此當推蘇軾（1037-1101），〈王定國詩集敘〉曾說：

> 太史公論詩，以為國風好色而不淫，小雅怨誹而不亂。以余觀之，是特識變風、變雅耳，烏覩《詩》之正乎！昔先王之澤衰，然後變風發乎情，雖衰而未竭，是以猶止於禮義，以為賢於無所止者而已。若夫發於情、止於忠孝者，其詩豈可同日而語哉！古今詩人眾矣，而杜子美為首，豈非以其流落饑寒，終身不用，而一飯未嘗忘君也歟。[43]

若從詩歌內容區分其價值，大抵可以分為三個境地——第三層

---

41 〔明〕馮復京《說詩補遺》說：「宋人又有專主愛君憂國，惻怛忠厚為杜勝李者。如『獨使至尊憂社稷，諸君何以答昇平。惟將遲暮供多病，未有涓埃答聖朝』，惟杜集有之。」（見《明詩話全編》，第7冊，卷6，頁7279）宋人在詩歌上標舉的愛君憂國、忠厚惻怛是杜甫勝過李白的關鍵因素。

42 郭紹虞：《宋詩話輯佚》，卷下，頁398-399。

43 〔宋〕蘇軾：《東坡全集》，見《文淵閣四庫全書》，第1107冊，卷34，頁483。

次:發乎情,無所止。第二層次:發乎情,止於禮義,詩之變屬此,勝於無所止;最高層次:發乎情,止於忠孝,詩之正屬此,勝於詩之變。[44]

　　杜詩在這當中屬於哪個位階呢?蘇軾直指最高境界。今重構蘇軾論證如下:杜甫雖流落饑寒,終身不用,但詩中一飯未嘗忘君;一飯之間,未嘗忘君,此臻至忠孝境域,所以杜甫詩作已抵忠孝境地。由於杜詩已達到忠孝界域,忠孝範圍又屬於詩歌正統,此即孔子所謂的《詩》可以「邇之事父,遠之事君」之意,至此,杜詩承繼「《詩》之正」的結論呼之欲出。杜詩可以說是承繼了《詩經》以來的正統——此時杜詩已達最高境界。杜詩不僅臻至忠孝界域,又踵繼詩歌正統,讀之可使人性情歸之於正,具備儒家詩教價值,所以杜詩堪為歷代第一;杜甫為古今詩人之首。

　　作為文壇領袖的蘇軾,從杜詩內容與《詩經》角度,近乎直指杜詩是「《詩》之正」,對於杜甫及其詩歌推重備至,賦予至高無上的評價,其隻言九鼎,電照風行,這使得宋人對杜詩興起崇敬之心。[45]

　　蘇軾門徒之一為黃庭堅（1045-1105）（字魯直,號山谷道人、豫章先生）,江西詩派奉黃庭堅為宗主,趙彥衛說:「呂居仁作〈江西詩社宗派圖〉,其略云:『……。國朝文物大備,穆伯長、尹師魯始為古文,成於歐陽氏。歌詩至於豫章始大出而力振之,後學者同作並和,盡發千古之祕,亡餘蘊矣。』錄其名字,曰江西宗派,其原流皆出豫章也。宗派之祖曰山谷,其次陳師道無己、潘大臨邠老、謝逸無逸、洪朋龜父、洪芻駒父、饒節德操,乃如壁也、祖可正平、徐俯師川、林修子仁、洪炎玉父、汪革信民、李錞希聲、韓駒子蒼、李彭商老、

---

[44] 另亦可參拙著:《杜甫從詩史到詩聖》（臺北:萬卷樓圖書股份有限公司,2020年）,第四章,頁56。

[45] 另亦可參陳文華:《杜甫傳記唐宋資料考辨》,頁205-207。

晁沖之叔用、江端本子之、楊符信祖、謝邁幼槃、夏倪均父、林敏功、潘大觀、王直方立之、善權巽中、高荷子勉，凡二十五人，居仁其一也。」[46]江西詩派成員至少二十多人。

無論是黃庭堅或江西詩派，基本上都是因為尊崇而學習杜詩，先就黃庭堅而言：

> 王炎說：「山谷外舅謝師厚、孫莘老二人，皆學杜詩，魯直師法得之謝、孫，故專以杜詩為宗，然詩法出於工部，而句法不盡出於工部。山谷所以名世者以此。後山論其詩說曰：『王介甫以工，蘇子瞻以新，黃魯直以奇，惟杜工部工、拙、新、陳、奇、常，無一不佳。』其尊杜詩，至矣。」[47]

> 張戒說：「黃魯直自言學杜子美，子瞻自言學陶淵明，二人好惡，已自不同。」[48]

> 費經虞說：「黃魯直為江西宗派之祖，李空同為前後七子之宗，兩君皆學杜。」[49]

---

46 〔宋〕趙彥衛撰；傅根清點校：《雲麓漫鈔》（北京：中華書局，1998年），卷14，頁244。

47 〔宋〕王炎：《王炎詩話》，見《宋詩話全編》，第6冊，頁6610。黃庭堅師法謝師厚（謝景初1020-1084，字師厚）與孫莘老（孫覺1028-1090，字莘老）；謝、孫兩人皆學杜詩，因此黃庭堅尊崇學習杜詩。

48 〔宋〕張戒：《歲寒堂詩話》，見《歷代詩話續編》，上冊，卷上，頁451。此外，《歲寒堂詩話》又說：「魯直專學子美，然子美詩讀之，使人凜然興起、肅然生敬，〈詩序〉所謂『經夫婦，成孝敬，厚人倫，美教化，移風俗』者也，豈可與魯直詩同年而語耶？」（見《歷代詩話續編》，上冊，卷上，頁465）此言黃庭堅專學杜詩。

49 〔明〕費經虞：《費經虞詩話》，見《明詩話全編》，第9冊，頁10218。

次就江西詩派而言：

> 魏慶之說：「近時學詩者，率宗江西，然殊不知江西本亦學少陵者也。……。江西平日語學者為詩旨趣，亦獨宗少陵一人而已。」[50]

杜詩不僅受北宋文壇領袖蘇軾的高度評價，黃庭堅及文學集團江西詩派也推波頌揚，極其有力地拉升杜甫在詩壇地位。張元幹（1091-1170？）〈亦樂居士集序〉說：「國初，儒宗楊、劉數公，沿襲五代衰陋，號『西崑體』，未能超詣。廬陵歐陽文忠公初得退之詩文於漢東敝篋故書中，愛其言辨意深。已而官於洛，乃與尹師魯講習，文風丕變，寖近古矣。未幾，文安先生蘇明允起于西蜀，父子兄弟俱文忠公門下士。東坡之門，又得山谷，檃括詩律，於是少陵句法大振。」[51] 黃庭堅尊崇學習杜詩，歸納概括杜甫詩律句法，江西詩社師法學習，因此杜甫詩律句法大大振興起來，推高杜甫在宋代詩壇聲望。

綜此，杜詩受到蘇軾的高度贊揚，也受到黃庭堅及文學集團江西

---

50 〔宋〕魏慶之：《詩人玉屑》，見《文瀾閣四庫全書》，第1531冊，卷5，頁143。另外，胡仔也說：「苕溪漁隱曰：近時學詩者，率宗江西，然殊不知江西本亦學少陵者也。故陳無己曰：豫章之學博矣，而得法於少陵，故其詩近之。」（見《杜甫卷》，第2冊，頁586）最後，陸九淵《象山集・與程帥》也說：「杜陵之出，愛君悼時，追躡騷雅，而才力宏厚偉然，足以鎮浮靡，詩家為之中興。自此以來，作者相望。至豫章而益大肆其力，包含欲無外，搜抉欲無秘，體制通古今，思致極幽眇，貫穿馳騁，工力精到。一時如陳、徐、韓、呂、三洪、二謝之流，翕然宗之。由是，江西遂以詩社名天下，雖未極古之源委，而其植立不凡，斯亦宇宙之奇詭也。」（見《文瀾閣四庫全書》，第1189冊，卷7，頁493-494）總言之，黃庭堅與江西詩派皆推崇學習杜詩。

51 〔宋〕張元幹：《蘆川歸來集》，見《文瀾閣四庫全書》，第1167冊，卷9，頁726-727。

詩派的尊崇，所以北宋蘇、黃之後杜甫在文壇地位更大幅提升。晦齋〈簡齋詩集引〉說：

> 詩至老杜，極矣。東坡蘇公、山谷黃公，奮乎數世之下，復出力振之，而詩之正統不墜。……。近世詩家，知尊杜矣。[52]

由於杜甫「一飯未嘗忘君」，能「發於情、止於忠孝」，承襲《詩經》正統，使儒家詩歌傳統能夠延續，這是北宋蘇、黃以下詩家尊崇杜詩的重要因素。羅大經（1196-1252後）〈李杜〉下說：「李太白當王室多難、海宇橫潰之日，作為歌詩，不過豪俠使氣，狂醉於花月之間耳。社稷蒼生，曾不繫其心胸，其視杜少陵之憂國憂民，豈可同年語哉！唐人每以李、杜並稱，韓退之識見高邁，亦惟曰：『李杜文章在，光燄萬丈長。』無所優劣也。至本朝諸公，始至推尊少陵。東坡云：『古今詩人多矣，而惟以杜子美為首，豈非以其飢寒流落，一飯未嘗忘君也與？』又曰：『〈北征〉詩識君臣大體，忠義之氣，與秋色爭高，可貴也。』朱文公云：『李白見永王璘反，便從臾之，詩人沒頭腦至於如此。杜子美以稷契自許，未知做得與否？然子美却高，其救房琯亦正。』」[53]韓愈雖以李杜並稱，但無分軒輊。迨及北宋，推尊杜甫始漸成主流。由於杜甫心繫社稷蒼生，作品憂國憂民，這是杜詩超越李詩的重要關鍵之一。杜甫詩壇地位的提升也是因為宋朝諸儒推崇的緣故，譬如王安石選四家詩，評杜為第一；蘇軾盛讚其一飯未嘗忘君，繼承「《詩》之正」，因而為古今詩人之首；黃庭堅歸納杜甫詩律，使杜詩句法大大振興起來；朱熹（1130-1200，諡文）稱其自許

---

52 〔宋〕晦齋：〈簡齋詩集引〉，見《杜甫卷》，第3冊，頁824。
53 〔宋〕羅大經撰；王瑞來點校：《鶴林玉露》（北京：中華書局，2005年），丙編，卷6，頁341。

稷契、力救房琯,因此杜詩既高且正。此外,敖陶孫稱譽杜詩如「周公制作」,秦觀推為「孔子大成」者,黃庭堅又推為「詩中之史」,羅大經推為「詩中之經」,楊萬里推為「詩中之聖」。此後,「諸家無不崇奉師法」(見仇兆鰲「杜詩褒貶」)。總言之,降及北宋中後期,推崇杜甫始逐漸成為主流。

宋人基本上也承繼元、白「申杜抑李」的方式,甚至進一步擴大,藉由杜甫與其他詩人比較,來推崇稱譽杜甫及其詩作。

就李、杜而言,蘇轍〈詩病五事〉說:「李白詩類其為人,駿發豪放,華而不實,好事喜名,不知義理之所在也。語用兵,則先登陷陣不以為難;語游俠,則白晝殺人不以為非。此豈其誠能也哉?白始以詩酒奉事明皇,遇讒而去,所至不改其舊。永王將竊據江淮,白起而從之不疑,遂以放死。今觀其詩固然。唐詩人李杜為首,今其詩皆在。杜甫有好義之心,白所不及也。」[54]蘇轍認為:杜甫勝過李白的機樞在於杜甫有好義之心,而李白不知義理。「義」(或「義理」)當指大義,即所謂的忠義。這是從儒家君國大義評判李杜高下,藉此「申杜抑李」,拉高了杜甫的聲望,與元、白方法相互呼應。

就杜、韓而言,范溫說:「『孫莘老嘗謂:老杜〈北征詩〉勝退之〈南山詩〉,王平甫以謂〈南山〉勝〈北征〉,終不能相服。時山谷尚少,乃曰:『若論工巧,則〈北征〉不及〈南山〉;若書一代之事,以與《國風》、《雅》、《頌》相為表裏,則〈北征〉不可無,而〈南山〉雖不作未害也。』二公之論遂定。」[55]杜甫〈北征〉與韓愈〈南山〉兩詩,孰優孰劣?黃庭堅以為:若就書寫整個朝代重要時事而言,杜甫〈北征〉是必須存在的詩作,其可與《三百篇》兩相應合;反之,倘若韓愈不寫〈南山詩〉,對國家社會沒有任何損失。就此而言,杜

---

54 〔宋〕蘇轍:《欒城三集》,見《文瀾閣四庫全書》,第1142冊,卷8,頁816。
55 〔宋〕范溫:《潛溪詩眼》,見《宋詩話輯佚》,卷上,頁327。

甫〈北征〉詩勝過韓退之〈南山詩〉。這也是宋代儒學復興後，國家意識的抬頭，國家意識又成為詩歌評價的依據；國家意識優先於文學藝術，此時宋人覺察杜甫與其他詩人大相逕庭暨價值明顯優異，進而推升了杜詩的地位。

　　就李白、杜甫、韓愈與歐陽修而言，王安石曾評四家詩，以杜甫為第一，歐陽修第二，韓愈第三，李白第四。首先，杜甫詩歌風格「兼人人所獨專」，所謂「集大成」者；但是李白詩歌風格就只有豪放飄逸而已，因此王安石評定杜詩凌駕李詩。方深道《諸家老杜詩評》說：「或問王荊公云：『編四家詩，以杜甫為第一，李白為第四，豈白之才格詞致不逮甫耶？』公曰：『白之詩歌，豪放飄逸，人固莫及；然其格止于此而已，不知變也。至于甫，則悲歡窮泰，發斂抑揚，疾徐縱橫，無施不可，故其詩有平淡簡易者，有綿麗精確者，有嚴重威武若三軍之帥者，有奮迅馳驟若泛駕之馬者，有寂泊閑靜若山谷隱士者，有風流醞藉若貴公子者，蓋其詩緒密而思深，觀者苟不能臻其閫奧，未易識其妙處，夫豈淺近者所能窺哉！此甫之所以光掩前人，而後來無繼也。元稹以為兼人人所獨專，斯言信矣。』」[56]其次，歐陽修詩歌成就超越韓愈，古人認為這是因為青出於藍的緣故。[57]第三，李白詩屈居歐陽修下，是因為李白詩歌多言婦人與酒等瑣事。[58]

---

56 〔宋〕方深道：《諸家老杜詩評》，見《杜甫詩話六種校注》（濟南：齊魯書社，2004年），頁86。

57 王直方說：「荊公編集四家詩，其先後之序，或以為存深意，或以為初無意。蓋以子美為第一，此無可議者。至永叔次之，退之又次之，以太白為下，何邪？或者云：太白之詩，固不及退之。而永叔本學退之，而所謂『青出於藍』者，故其先後如此。」見《宋詩話輯佚》，卷上，頁86。

58 惠洪《冷齋夜話》說：「舒王編四家詩。舒王以李太白、杜少陵、韓退之、歐陽永叔詩編為《四家詩集》，而以歐公居太白之上。世莫曉其意。舒王嘗曰：『太白詞語迅快，無疏脫處。然其識污下，詩詞十句，九句言婦人、酒耳。』」（見《宋詩話全編》，第3冊，卷5，頁2447）

王安石評四家詩，推杜第一，此對北宋杜甫地位提升貢獻亦大。準此，元、白以「申杜抑李」方式，贊譽杜詩；宋人在此基礎與方法上，進一步利用杜甫與其他詩人比較來稱揚杜詩，抬升地位。

綜結前文，由於《杜工部集》的編成刊行，宋代儒學復興，宋儒推崇杜甫，文壇領袖蘇軾暨黃庭堅及文學集團江西詩派的推揚，因此杜詩在北宋中後期地位大幅提升。從杜詩學發展軌跡來看，其重要性不言而喻。

第三節　以杜為師

伴隨著杜甫與杜詩在北宋中後期地位的提升，北宋中後期出現希望以杜詩為學習對象，或學習杜詩的現象，譬如，孔武仲（1041-1097）曾說：「余固喜詩，願以子美為師者，又嘗誦其〈哀江頭〉之作，故感而書其後焉。」[59]孔武仲自言向來即喜詩歌，並願以杜詩為師法對象。孔氏於此並未陳述理由，殊為可惜。此為北宋人自言願以杜甫為學習對象之例。蘇軾也曾說：「天下幾人學杜甫？誰得其皮與其骨。」[60]天底下有多少人曾經學習仿效杜甫的詩歌呢？數量恐怕非常多；但是在這些人之中，多少人只習得其皮毛表象，又有誰能真正學得其詩歌的骨髓精華呢？這肯定了北宋時人曾經學過杜詩，也揭示杜詩蘊含英華精髓。陳師道也曾說：「唐人不學杜詩，惟唐彥謙與今黃庶、謝師厚景初學之。」[61]唐代基本上沒有什麼人學習杜詩的；除

---

59 劉明華編：《杜甫資料彙編（唐宋卷）》，第1冊，頁211。
60 〔宋〕蘇軾：〈次韻孔毅甫集古人句贈五首其三〉，見《蘇東坡全集》（臺北：河洛圖書出版社，1975年），上冊，卷13，頁184。
61 〔宋〕陳師道：《後山先生集》，收於《宋集珍本叢刊》，第29冊，卷23，「詩話」，頁186。

了前朝唐彥謙之外，當今宋朝學習杜詩具體可說的就有黃庶與謝景初等人。北宋出現學習杜詩的現象，跟宋人尊崇杜甫與杜詩有著密切的關係。「尊崇」與「學習」是一體的兩面，「尊崇」伴隨的即是「學習」，即因「尊崇」而「學習」。宋代自杜詩興盛後，學詩者即出現以杜為師的現象，這是詩歌典範的轉移。茲舉例如下：

呂昌彥（1076左右）說：「唐之詩，世以子美專雄，未有及之者。是其氣語豪邁壯浪，淵浩閎達，句成筆墨之外而不可追也。近世學詩者莫不視杜以為法，多得佳句。」[62]

呂本中（1084-1145）說：「近世人學老杜多矣。」[63]

葉適（1150-1223）說：「慶曆（1041-1048）、嘉祐（1056-1063）以來，天下以杜甫為師，始黜唐人之學，而『江西宗派』章焉。」[64]

費經虞說：「自宋學杜之說一倡，羣而和之。宋一代粗礦介兀，皆自學杜來。黃山谷遂流而為江西詩派。」[65]

---

[62] 〔宋〕呂昌彥：〈杜子美白水詩後記〉，見《金石萃編續編補正》（臺北：台聯國風出版社，1973年），卷16，「宋四」，頁377。是文末有「前守縣令東平呂昌彥記。熙寧九年九月甲寅朔，儒林郎、守縣令賈京立石，隴西李愃書并篆額，王順刊」諸字。

[63] 〔宋〕呂本中：《童蒙訓輯佚》，見《呂本中全集》（北京：中華書局，2019年），第3冊，頁1040。

[64] 〔宋〕葉適：〈徐斯遠文集序〉，見《水心集》（臺北：臺灣中華書局，1965年），卷12，頁8。

[65] 〔明〕費經虞：《雅倫》，見《續修四庫全書》（上海：上海古籍出版社，2003年），第1697冊，卷2，「杜少陵體」，頁38。

總而言之，因為杜集整理刊行、儒學復興、宋儒尊崇，以及文壇領袖蘇軾的高度尊崇，加上黃庭堅及文學集團江西詩派的推重效法，這使得宋人極度推崇杜甫及其詩歌，大大扭轉杜甫與杜詩在北宋初期受到冷遇的對待。流風所及，後世也興起了學杜的浪潮。陸深（1477-1544）曾說：「近時杜學盛行，而刻杜者亦數家矣。」[66]楊慎（1488-1559）《升菴詩話》也有「近日士夫爭學杜詩」之語。[67]喬億（1702-1788）《劍谿說詩》也有「自北宋以來，學杜者如林」之言。[68]那麼自北宋中、後期以下，學習杜詩已成為一股流行風潮。

一　有規矩故可學其詩

　　先就杜甫而言，杜甫在詩歌創作路上即是不停且多方的學習，無論是「讀書破萬卷，下筆如有神」、「熟精文選理，休覓彩衣輕」，還是「別裁偽體親風雅，轉益多師是汝師」，皆可謂是自身的寫照。杜甫不僅曾自述作詩要多所學習；古人甚至也肯認杜詩大抵即是「學力」，郭思曾說：「老杜於詩學，世以為前無古人，後無來者。然觀其詩，大率宗法《文選》，擷其華髓，旁羅曲探，咀嚼為我語。」[69]杜甫精熟文選語，廣羅芳潤，變化而出之，杳無形跡。費經虞《雅倫》也記載：「嚴滄浪云：『老杜詩全是學力，所以不乏險阻艱難，愈見精

---

66 〔明〕陸深：〈重刻杜詩序〉，見《儼山集》，收於《文淵閣四庫全書》，第1268冊，卷38，頁237。
67 〔明〕楊慎：《升菴詩話》，見《歷代詩話續編》，中冊，卷14，頁932。另外，朱長春（約1600左右）〈選杜詩序〉也說：「海內習杜詩今特盛。」見《藝藪談宗》，收於《中國詩話珍本叢書》（北京：北京圖書館出版社，2004年），第12冊，卷6，頁721。
68 〔清〕喬億：《劍谿說詩》，見《清詩話續編》，第2冊，「又編」，頁1117。
69 〔宋〕郭思：《瑤谿集》，見《宋詩話輯佚》，卷下，頁532。

到。』」[70]杜甫博覽羣書，字字有來處，人莫知所出；又融裁典實，人不易辨讀，因而艱險難讀，然益見其縝密周全。楊慎更直接說：「杜子美云：『讀書破萬卷，下筆如有神。』此子美自言其所得也。」[71]「讀書破萬卷」實杜甫在詩歌創作上的心路歷程，杜甫此等學習精神亦值後世學詩者效法。

次就學杜詩者而言，首先，學杜的條件之一是前賢先注杜或解杜；注杜或解杜是學杜的必要條件。浦起龍曾說：「少陵詩不可無注，並不可無解。」[72]對讀者而言，解讀杜詩需要有注解；對學習而言，學者更有賴於注釋。黃庭堅〈大雅堂記〉說：「由杜子美以來，四百餘年，斯文委地，文章之士，隨世所能，傑出時輩，未有升子美之堂者，況室家之好耶！余嘗欲隨欣然會意處，箋以數語，終以汩沒世俗，初不暇給。雖然，子美詩妙處乃在無意於文。夫無意而意已至，非廣之以《國風》、《雅》、《頌》，深之以《離騷》、《九歌》，安能咀嚼其意味，闖然入其門耶！故使後生輩自求之，則得之深矣；使後之登大雅堂者，能以余說而求之，則思過半矣。……。元符三年（1100）九月涪翁書。」[73]杜詩精彩處在於「無意於文」，「無意而意已至」其解讀端賴深厚《詩》《騷》等古典文學底蘊，方能咀嚼其言外韻味。黃庭堅曾欲箋釋若干杜詩精妙處，使有助於後人理解杜詩。簡言之，後生晚輩在學杜路上，杜詩精妙處有賴於前人的注解。

曾噩（1167-1226）〈九家集注杜詩序〉也說：「『讀書破萬卷，下筆如有神』，此杜少陵作詩之根柢也。觀杜詩者，誠不可無注。……。

70　〔明〕費經虞：《雅倫》，見《續修四庫全書》，第1697冊，卷17，「工力」，頁270。
71　〔明〕楊慎：《升菴詩話》，見《歷代詩話續編》，中冊，卷14，「讀書萬卷」，頁932。
72　〔清〕浦起龍：〈發凡〉，見《讀杜心解》（北京：中華書局，2000年），頁5。
73　〔宋〕黃庭堅：〈大雅堂記〉，見《山谷集》，收於《文淵閣四庫全書》，第1113冊，卷17，頁163。

讀者未能猝解,是故不可無注也。寶慶元年重九日義溪曾噩子肅謹序。」[74]杜甫「博極羣書」「周行萬里」,讀者未覽所閱,未歷所經,恐不易領會杜甫詩旨,所以讀杜詩不可以沒有注解。學力是杜甫創作的基礎;注解是學習杜詩的條件。黃生(1622-1696?)〈杜詩概說〉也曾云:「蓋欲學杜,必先能解杜。」[75]學習杜詩必須先能解讀杜詩;解讀杜詩實是學習杜詩的先決條件。

其次,宋人「以杜為師」的關鍵因素是什麼呢?理由之一是「規矩」。陳師道(1053-1101)說:

> 學詩當以子美為師,有規矩故可學。退之於詩,本無解處,以才高而好爾。淵明不為詩,寫其胸中之妙爾。學杜不成,不失為工。無韓之才與陶之妙,而學其詩,終為白樂天爾。[76]

讀者對於韓愈的詩歌,本來就有不易剖析清楚、條例分明的地方,較難以找出理路,韓愈詩歌精妙是因為他自身才器高超使然;陶淵明詩已不算是寫詩,他是字隨心遣,渾然天成,寫其心中恬淡美善的人格。相較於陶、韓兩人,杜詩的特點則是有規矩可循。今依「學詩當以子美為師,有規矩故可學」之語,重構其論證如下:

(一)杜詩是有規矩可循;
(二)凡有規矩可循是可以被學習的,
因此,(三)杜詩是可以被學習的。

---

74 〔宋〕曾噩:〈九家集注杜詩序〉,見《九家集注杜詩》,收於《文瀾閣四庫全書》,第1097冊,頁4。
75 〔清〕黃生:〈杜詩概說〉,見《清代杜集序跋滙錄》,頁131。
76 〔宋〕陳師道:《後山先生集》,收於《宋集珍本叢刊》,第29冊,卷28,「詩話」,頁49。

這個說法在古典詩學或杜詩學中影響重大，它為學詩者指示一明確方向——學詩要從有規矩可循的詩人或詩歌入手，方有具體學習成效，譬如杜甫或杜詩，自此「學詩當學杜」幾已成共識；而「本無解處」或「自然天成」非初學者起手的途徑。杜甫以詩法來創作詩歌，學者以杜甫詩法來閱讀杜詩，學習杜詩；進一步用杜詩詩法來閱讀他人詩歌，創作自己詩歌。規矩或詩法成為創作者與學習者的中介，消弭創作與學習間的鴻溝；「規矩」使詩歌的欣賞或創作成為可能，不再如海上仙山虛無縹緲，杜甫功勞，不可謂不大。「學杜不成，不失為工」，「工」字有「巧」之意，《說文解字注》說：「工，巧飾也。象人有規榘。……。巧，技也。」[77]即便學杜不成功，至少還有工巧的形式規矩。這觀念背後隱含「取法於上，僅得為中」之意。[78]「取法乎上」也是後來學杜各種理由背後的重要精神。相較於孔武仲「願以子美為師者」之言，陳師道在此更進一步提出「以杜為師」的理由，並形成完整的論證，可供後人檢驗，這是陳師道在杜詩學上的貢獻。

自此以後，杜詩有規矩可循已成定論，舉例如下：

> 宋訥說：「昔人論杜少陵以詩為文、韓昌黎以文為詩者，蓋詩貴有布置也，有布置則有得其正、造其妙矣。故學詩當學杜，則所學法度森嚴、規矩端正，得其師焉。」[79]

> 王鑑說：「陳后山云：『學詩當以子美為師，有規矩，故可

---

77 〔漢〕許慎撰；〔清〕段玉裁注：《說文解字注》（臺北：黎明文化事業股份有限公司，1998年），頁201。
78 〔唐〕唐太宗：《帝範》，見《文淵閣四庫全書》，第696冊，卷4，頁617。
79 〔明〕宋訥：〈紀行程詩序〉，見《西隱集》，收於《文津閣四庫全書》，第1230冊，卷6，頁84。「得其師」即得其所師之法度規矩。

學。』舍李言杜，其意似偏；而規矩之說，則指示學杜詩者，最為著明。」[80]

「規矩」即是方法、法度之意，杜甫本即曾自覺地提及創作的規矩法度，他曾說「至於沉鬱頓挫，隨時敏捷，揚雄、枚皋之徒，庶可企及也」（〈進雕賦表〉）。杜甫也曾言「美名人不及，佳句法如何」（〈寄高三十五書記〉）；「為人性僻耽佳句，語不驚人死不休」（〈江上值水如海勢聊短述〉）等等，這意指杜甫創作時已覺察「頓挫」與「句法」等抽象形式與法度。後世杜詩規矩法度的探索研究自然也包含了這兩個面向：

（一）頓挫：頓挫即起伏頓挫、一正一反的創作形態。范廷謀〈杜詩直解再識〉說：「杜詩沉鬱頓挫，沉鬱者其意，頓挫者其法，不得其意，則法亦無從得。」[81]不得其意，法無從得；反之，不得其法，意亦無從得。沉鬱內涵決定了頓挫的形式，頓挫之法又表現沉鬱之意。楊良弼《作詩體要》「頓挫體」下也說：「老杜詩所以妙者，全在闔闢頓挫耳。」[82]杜甫駕馭起伏頓挫的雄健筆力，是杜詩精妙的理由之一。方東樹《昭昧詹言》則說：「杜公所以冠絕古今諸家，只是沈鬱頓挫，奇橫恣肆，起結轉承，曲折變化，窮極筆勢，迥不由人。

---

[80] 〔明〕王鑑：〈杜律三百首序〉，見《醉經草堂文集》，收於《清代詩文集彙編》（上海：上海古籍出版社，2011年），第487冊，頁500。

[81] 孫微輯校：《清代杜集序跋滙錄》，頁219。另外，吳瞻泰《杜詩提要》〈奉贈韋左丞丈二十二韻〉詩尾說：「『騎驢』一段，中分三折。既言『到處悲辛』，是無知遇矣；而主上忽見徵，既欸然求伸，是有知遇矣；而却垂翅無縱鱗，抑揚頓挫，一波三折，總是曲筆寫『儒冠多誤身』一句。」（卷1，頁79）簡言之，杜詩具有起伏頓挫的表現形態。

[82] 〔明〕楊良弼：《作詩體要》，見《中國詩話珍本叢書》，第13冊，頁497。

山谷專於此苦用心。」[83]由於杜甫以頓挫奇橫等變化筆法創作詩歌，因此杜詩可以冠絕古今詩壇；黃庭堅洞悉此點，所以專心苦學杜詩中頓挫反正等等筆法。

　　（二）句法：句法指的是杜詩中的裝造句法。古人曾視句法為杜甫創作詩歌的根柢，黃庭堅說：「陳履常正字，天下士也。讀書如禹之治水，知天下之絡脈，有開有塞，而至於九川滌源、四海會同者也。其作詩淵源，得老杜句法，今之詩人不能當也。」[84]黃庭堅以大禹治水為例，做了一個類比，我們可以重構出一前提：凡做事皆須知其淵源脈絡，溯其本原。今讀書作詩即屬做事範圍，因此讀書寫詩須知其脈絡本原。陳履常學詩沿流溯源的結果即老杜句法。杜甫句法是作詩的根柢。這不僅明顯抬高杜詩的地位，也意味杜詩句法可以作為學者讀詩、寫詩的重要途徑。如果可以對杜詩句法剖釋清楚，那麼對讀寫詩歌當有莫大助益。由於杜詩有規矩、有句法，杜詩因而可以被學習。葉夢得《石林詩話》也曾說：「高荷，荊南人，學杜子美作五言，頗得句法。黃魯直自戎州歸，（高）荷以五十韻見，魯直極愛賞之。」[85]學者從杜詩中可以歸納出杜甫詩歌的句法；杜詩中的規矩句法又可被後人習得。張元幹〈亦樂居士集序〉也曾說：「山谷，檃括詩律，於是少陵句法大振。」（《蘆川歸來集》，卷9；見前引文）黃庭堅曾歸納並推崇學習杜甫句法，杜甫詩歌句法於是大大振興流行起來，宋人學習杜詩句法者愈發眾多。

83　〔清〕方東樹：《昭昧詹言》（臺北：漢京文化事業有限公司，1985年），卷14，「通論七律」，頁379。方東樹《昭昧詹言》又說：「欲知黃詩，須先知杜；真能知杜，則知黃矣。杜七律所以橫絕諸家，只是沈著頓挫，恣肆變化，陽開陰合，不可方物。山谷之學，專在此等處，所謂作用。」（卷20，「蘇黃」，頁450）

84　〔宋〕黃庭堅：〈答王子飛書〉，見《黃庭堅全集》（成都：四川大學出版社，2001年），第2冊，卷18，頁467。

85　〔宋〕葉夢得：《石林詩話》，見《歷代詩話》，上冊，卷中，頁419。

宋代研討杜詩句法目前常見大致有五種：

（1）顛倒句：即倒裝句，此指詩句中字詞的排序顛倒。李頎《古今詩話》「杜韓顛倒句法」條下說：「杜子美詩云：『紅稻啄餘鸚鵡粒，碧梧棲老鳳凰枝。』此語反而意奇。」[86]沈存中《筆談》也說：「杜子美詩，有『紅豆啄餘鸚鵡粒，碧梧棲老鳳凰枝』。此亦反語而意奇。」[87]杜甫將詩歌字詞排序倒反，乍讀感覺語意新奇。趙汸認為原句當是「鸚鵡啄餘紅稻粒，鳳凰棲老碧梧枝」；[88]吳見思則認為原句當作「紅豆也，乃鸚鵡啄殘之粒；碧梧也，乃鳳凰棲老之枝」。[89]無論趙汸或吳見思的解讀，杜甫都對詩句進行了倒裝。

（2）歇後句：這是指割裂古語，將其語尾文字省略，字藏句外，使人聯想得之。[90]洪芻《洪駒父詩話》「杜韓詩用歇後語」條說：「世謂兄弟為友于，謂子孫為貽厥者，歇後語也。子美詩曰『山鳥山花皆友于』，退之詩『誰謂貽厥無基址』，〔雖〕韓、杜〔亦〕未能免俗，〔何也？〕」[91]「山鳥山花皆友于」是杜甫著名的歇後詩句，「友于」一詞本源自《論語》，《論語・為政》曾說：「《書》云『孝乎惟孝、友于兄

---

86 郭紹虞輯：《宋詩話輯佚》，卷上，頁152。
87 〔宋〕方深道：《諸家老杜詩評》，見《杜甫詩話六種校注》，頁17。
88 〔元〕趙汸《杜律趙註》（臺北：臺灣大通書局，1974年）說：「七言『紅稻啄餘鸚鵡粒，碧梧棲老鳳凰枝』，本是『鸚鵡啄餘紅稻粒，鳳凰棲老碧梧枝』也。」（卷中，頁102）
89 〔清〕吳見思《杜詩論文》（臺北：臺灣大通書局，1974年）說：「『紅豆啄殘鸚鵡粒，碧梧棲老鳳凰枝』。蓋紅豆也，乃鸚鵡啄殘之粒；碧梧也，乃鳳皇棲老之枝。」（「凡例」，頁143）
90 黃永武《字句鍛鍊法》（臺北：洪範書店有限公司，2013年）曾說：「早期的『歇後』語，是把古語成言，加以割裂，將語尾的一字歇絕省略，把字藏在句外，不表出，故弄狡獪。有時為了調皮，有時也為了押韻，有時是為了下一字不好意思說，有時是為了藏起來讓你猜，增加謎底揭開時的趣味性。所以『歇後』又叫『歇尾』或『縮腳』。」（頁264-265）
91 郭紹虞輯：《宋詩話輯佚》，卷下，頁424。

弟，施於有政』。」杜甫割裂語典「友于兄弟」，省略「兄弟」，藏諸言外，使人見「友于」即思及「兄弟」，進而明白詩意。

（3）問答句：意指詩句中有問答者。杜詩〈大麥行〉云：「問誰腰鎌胡與羌。豈無蜀兵三千人？」「問誰腰鎌」乃問句，「胡與羌」屬答句。杜詩中這種蘊含「問答」的創作技法是源自漢代童謠——「小麥青青大麥枯，誰當穫者婦與姑。丈人何在西擊胡！」[92]《潘子真詩話》「杜詩來歷」條下亦云：「古人造語，俯仰紆餘，各有態。『小麥青青大麥枯，誰當穫者婦與姑，丈夫何在西擊胡』，凡此句中，每函問答之詞。『大麥乾枯小麥黃，……，問誰腰鎌胡與羌』。句法實有所自。」[93]杜甫在詩中使用問答句，杜詩問答句法學習對象之一為漢代童謠。

（4）互體：這是指將詩句中重複字詞予以省略，使交互見義，即今日的互文。羅大經論杜甫〈狂夫〉詩即曾說：「杜少陵詩云『風含翠篠娟娟淨，雨裛紅蕖冉冉香』。上句風中有雨，下句雨中有風，謂之互體。」[94]杜詩原句乃風含翠篠娟娟淨，雨裛翠篠娟娟淨，風含紅蕖冉冉香，雨裛紅蕖冉冉香。後去其重複，而成「風含翠篠娟娟淨，雨裛紅蕖冉冉香」。

（5）藏頭句：藏頭句乃句首語詞有所省略。嚴羽曾提及藏頭之名，《滄浪詩話‧詩體》云：「論雜體，則有：……。又有六甲十屬之類，及藏頭、歇後等體。」[95]嚴羽雖未說明藏頭之意，亦未列舉藏頭

---

92 〔宋〕蔡夢弼於〈大麥行〉「大麥乾枯小麥黃，婦女行泣夫走藏」下說：「后漢威帝時，童謠曰：『小麥青青大麥枯，誰當穫者婦与姑。丈夫何在西擊胡！』夢弼謂：凡此句中，每函問答之詞，甫之是詩，意原於此。」《杜工部草堂詩箋》，見《續修四庫全書》，第1307冊，卷21，頁157。
93 郭紹虞輯：《宋詩話輯佚》，卷上，頁301。
94 〔宋〕羅大經：《鶴林玉露》，卷1，頁132。
95 〔宋〕嚴羽著、郭紹虞校釋：《滄浪詩話校釋》，頁100-101。

之例，然就其名目且與歇後並提，可推知藏頭是指句首有所省略。

　　宋代對杜詩句法的歸納研討至少有五種：顛倒句、歇後句、問答句、互體與藏頭句。這基本上就證實了杜詩句法是有跡可循的，可以被歸納出來的。若依此等句法創作原則，學詩者在此基礎上創作詩歌是有可能的。這就意味杜詩或詩歌是可以被學習的。爰此，學詩當以子美為師，因為杜詩有規矩故可學。這是陳師道與宋人在杜詩學上的貢獻。

二　有性情故可慕其人

　　學習杜詩背後顯示了「取法乎上」的精神與觀念。前賢認為：凡事都要「取法乎上」；以眾所不及者為師法對象。寫詩本屬行事範圍，因此學詩也須「取法乎上」。各方面符合「取法乎上」標準者當即杜甫及其詩歌。楊士奇說：「學詩者必求諸李、杜，譬觀山必於嵩華，觀水必於河海者焉。」[96]楊士奇以登高觀水為例，說明學詩者必求諸李、杜。如果細部分析此說，從「登高」「觀水」可以概括出隱含前提：凡事須取法乎上。學詩也跟行事一樣，因此作詩必須取法乎上。符應「取法乎上」標準者至少有李白與杜甫。

　　李夢陽亦云：「作詩必須學杜。詩至杜子美，如至圓不能加規，至方不能加矩矣。」[97]學習作詩就要向詩界最高標準學習；最高典範即是

96　〔明〕楊士奇：〈李詩〉，見《東里文集續集》，收於《文瀾閣四庫全書》，第1274冊，卷19，頁540。另外，楊士奇〈杜律虞註序〉又云：「夫觀水者必於海，登高者必于嶽。少陵其詩家之海嶽歟！百年之前，趙子昂、虞伯生、范德機諸公皆擅近體，亦皆宗於杜。」(《東里文集續集》，收於《文瀾閣四庫全書》，第1274冊，卷14，頁468) 楊士奇認為：學詩須取法乎上──求諸杜詩，師法杜詩。

97　〔明〕李夢陽：〈東橋先生論詩〉，見《客座贅語》（南京：鳳凰出版社，2005年），卷6，頁229。

杜甫及其詩歌,因此作詩須學杜甫。最高標準即「取法乎上」之意。

袁枚也曾說:「詩宗韓、杜、蘇三家,自是『取法乎上』之意。」[98]學詩學杜、宗韓、效蘇背後的觀念就是「取法乎上」。古人也認為杜甫自己作詩即是「取法乎上」,黃生說:「獨老杜從漢、魏入,『取法乎上』,所以卓絕眾家。」[99]杜甫可以特異傑出是因為「取法乎上」的緣故。杜甫作詩不僅取法乎上,更勉勵後人學詩也要「學乎其上」,劉辰翁說:「杜詩:『不及前人更勿疑,遞相祖述竟先誰?別裁偽體親風雅,轉益多師是女師。』此杜示後人以學詩之法。前二句,戒人之愈趨愈下;後二句,勉後人之『學乎其上』也。蓋謂後人不及前人者,以遞相祖述,日趨日下也。必也區別裁正浮偽之體,而上親風雅,則諸公之上,轉益多師,而女師端在是矣。」[100]「學乎其上」之路即「上親風雅」,創作情真性摯的詩歌。

學寫詩歌本屬做事的範圍;凡事皆須取法乎上,因此學詩亦須取法乎上。在詩學上,能夠符合「取法乎上」的標準至少有杜甫與杜詩。順此而言,學習師法的對象有二:人格性情與詩藝成就。這是由於人品性情也是前人判斷文藝價值的重要依據之一。在「取乎其上」的前提下,學習師法的對象就從杜詩的規矩方法,擴展到杜甫(或杜詩)獨步千古、眾所不及的面向了。在人格性情方面,含攝了忠與

---

98 〔清〕袁枚:〈與梅衷源〉,見《杜甫資料彙編(清代卷)》,第10冊,頁1224。另外,袁枚說:「文學韓,詩學杜;猶之游山者必登岱,觀水者必觀海也。然使游山觀水之人,終身抱一岱一海以自足,而不復知有匡廬、武夷之奇,瀟湘、鏡湖之妙;則亦不過泰山上一樵夫,海船中一舵工而已矣。」〔清〕袁枚:〈與稚存論詩書〉,見《小倉山房文集》,收於《袁枚全集》(南京:江蘇古籍出版社,1993年),第2冊,卷31,頁564。袁枚主張:作詩不僅要學杜、宗杜,還要轉益多師。

99 〔清〕黃生:《詩麈》,見《皖人詩話八種》(合肥:黃山書社,1995年),卷2,頁81。

100 〔宋〕劉辰翁:〈語羅履泰〉,見《須溪集》,收於《文瀾閣四庫全書》,第1221冊,卷6,頁715。

仁;在詩藝成就方面,包含了親風雅、美教化與集大成等。

(一)忠——情不忘君

自宋以來前賢基本上認定杜甫性忠。《新唐書·杜甫傳》云:「數嘗寇亂,挺節無所汙;為歌詩,傷時橈弱,情不忘君,人憐其『忠』云。」[101]由於窮不失貞,變不隕節;感時傷事,情不忘君,杜甫因而可謂性「忠」。胡銓(1102-1180)〈忠辨〉也說:「杜子美⋯⋯情不忘君,世推其『忠』。」[102]杜甫「情不忘君」世人推崇為「忠」。蘇軾也說:「杜子美在困窮之中,一飲一食,未嘗忘君,詩人以來,一人而已。」[103]蘇軾沿襲《新唐書·杜甫傳》的說法——「情不忘君」;並言杜甫已臻於忠孝之境。另一方面,「未嘗忘君」不僅止於「忠」,還是「古今詩人眾矣,而杜子美為首」,杜甫之「忠」已獨步古今詩壇。在詩學上,「取法乎上」而以子美為師時,當也包含杜甫之「忠」。在封建時代,就學詩者而言,取法杜詩絕對是政治正確的明智抉擇。黃省曾說過一段話,頗值參考:

> 學詩之法,先須思慕其為人平生履歷、操持、實踐、氣象,然後效其文章。不慕其為人,是把末流而不尋其源也。[104]

學詩的關鍵須先思考師法對象生平履歷等等;倘其真能與日月齊光,進而仰慕其為人;然後才學習仿效其詩文。反之,不慕其為人,卻效

---

101 〔宋〕宋祁等:《新唐書》(北京:中華書局,1987年),卷201,「文藝上」,頁5738。
102 〔宋〕胡銓:〈忠辨〉,見《杜甫卷》,第2冊,頁329。
103 〔宋〕蘇軾:〈與王定國四十一首〉之八,見《蘇軾全集校注》(石家莊:河北人民出版社,2010年),卷52,「尺牘」,頁5685。
104 〔明〕黃省曾:《名家詩法》,見《中國詩話珍本叢書》,第10冊,卷2,頁31。

其詩文，是不溯本源而逕取末流之舉。學詩樞紐在於師法對象的人品性情，學者須先慕其為人，然後才學其詩文。這呈現傳統文藝價值觀：創作者人格性情優先於文藝價值，人品性情是文藝成就的重要判斷依據，遠遠超越了規矩法度。至此，我們可以歸結儒家文藝觀如下：國家百姓優先於個人；個人性情操守又優先於文藝價值。杜甫的「情不忘君」不僅是孔門「事君」精神的表徵，更是傳統文人感時憂國的表現，古仁者之情懷。除了「情不忘君」之外，「溫柔敦厚」也是前人時常推許杜甫的性情。

（二）仁──溫柔敦厚

古人認為杜甫某些詩歌具有溫柔敦厚的屬性，譬如：

> 沈德潛評〈奉贈韋左丞丈二十二韻〉說：「抱負如此，終遭阻抑。然其去也，無怨懟之詞，有『遲遲我行』之意，可謂『溫柔敦厚』矣。」[105]

> 黃生評〈鬭雞〉說：「五句是通盤一大關節。蓋不以荒宴直接播遷，徑及駕崩之感，則有傷痛而無刺譏，是『溫柔敦厚』之遺教也。」[106]

> 陳治〈題識〉說：「杜老詩古體，如前後〈出塞〉、〈新安吏〉、〈石壕吏〉、〈哀江頭〉、〈(哀)王孫〉、〈無家別〉、〈垂老別〉諸篇，的真古樂府，高而『溫柔敦厚』之旨，時露豪端，直堪

---

[105] 〔清〕沈德潛：《唐詩別裁‧杜甫》，見《唐詩別裁》（北京：中國致公出版社，2011年），卷2，頁36。

[106] 〔清〕黃生：《杜工部詩說》（京都：中文出版社，1976年），卷7，頁406。

上繼風雅,下追漢魏。」[107]

前人又肯認:溫柔敦厚之詩來自溫柔敦厚的性情。朱庭珍《筱園詩話》說:「溫柔敦厚,《詩》教之本也。有溫柔敦厚之性情,乃能有溫柔敦厚之詩。本原既立,其言始可以傳後世,輕薄之詞,豈能傳哉!夫言為心聲,誠中形外,自然流露,人品學問心術,皆可於言決之,矯強粉飾,決不能欺識者。」[108]詩是屬於言詞的範圍;語文又是心的聲音,因此詩歌是詩人心聲的呈現。溫柔敦厚之詩屬於溫柔敦厚之言;溫柔敦厚之言又源自溫柔敦厚之心,所以溫柔敦厚之詩乃溫柔敦厚之心的表現。那麼,溫柔敦厚之詩實來自溫柔敦厚之性情。今杜甫既有溫柔敦厚之詩,杜甫實具溫柔敦厚的性情。和寧即曾言:「嘗讀文言『修辭立其誠』,周子『文所以載道』,而知少陵之于詩,根至誠之心,發見道之言。是以哀樂憂愉,得性情之正;溫柔敦厚,合風雅之遺。其理至易,其法至簡,洵文詞之正鵠也。」[109]杜甫溫柔敦厚的詩歌,根柢於性情之正,源於溫柔敦厚之心,因而杜詩能合符《風》《雅》之遺旨。

若進一步深究,「溫柔敦厚」即是仁心,古人曾云:「溫柔敦厚,仁也。」[110]溫柔敦厚亦即「忠厚惻怛的仁心」,馬一浮曾說:「老杜所以為詩聖,正在其忠厚惻怛,故論詩必當歸于溫柔敦厚。」[111]由於杜甫秉性溫柔敦厚,內心忠厚惻怛,痌瘝在抱,懷具同理仁心,因此杜甫創作溫柔敦厚的詩歌,這就是杜甫被推揚為詩聖的原因。嚴壽澂也

---

107 孫微輯校:《清代杜集序跋滙錄》,頁15。
108 〔清〕朱庭珍:《筱園詩話》,見《清詩話續編》,第3冊,卷3,頁2391。
109 〔清〕和寧:〈自序〉,見《清代杜集序跋滙錄》,頁333。
110 〔宋〕衛湜:《禮記集說》,見《文淵閣四庫全書》,第119冊,卷117,頁512。
111 馬一浮著、丁敬涵編注:《馬一浮詩話》(上海:學林出版社,1999年),「評論」,頁23。

曾說:「溫厚之情,即是忠厚惻怛的仁心。少陵具此仁心,不忍見生靈之塗炭,不忍見家居之撞壞,加之學識足以濟其深思,稟賦足以資其銳感,三美兼備,所以為詩聖。」[112]杜甫性情溫柔敦厚,溫柔敦厚之情即忠厚惻怛仁心的呈現,因而能創作溫厚的詩歌,這是杜甫受奉詩聖的原因之一。杜詩甚至成為「溫柔敦厚」詩歌的評定標準。翁方綱〈神韻論上〉說:「盛唐之杜甫,詩教之繩矩也。」[113]作為評定標準的杜詩此時成為取法學習的對象,殆無疑義。吳訥曾說:「大抵律詩拘於定體,固弗若古體之高遠;然對偶音律,亦文辭之不可廢者。故學之者,當以子美為宗。其命辭用事,聯對聲律,須取溫厚和平、不失六義之正者為矜式。」[114]總言之,學詩須「取法乎上」,在操守上以情不忘君(國)為氣骨,在性情上取溫柔敦厚為楷範,在詩風上以溫柔敦厚為法式,慕其人品,效其詩文,因此學詩當以杜甫及其詩歌為師。

三 有成就故可效其文

當杜甫與其作品在詩壇上被尊為獨步千古、古今為首時,就必然會成為古人師法的對象,遑論推為「詩中之神」了。在「取乎其上」的影響之下,就杜甫詩藝成就而言,它包含了親風雅、美教化與集大成等面向。

---

112 嚴壽澂:〈詩聖杜甫與中國詩道〉,見《國立編譯館館刊》,30卷1、2期合刊本(2001年12月),頁127。另亦可參拙著:《詩聖——杜詩詮釋新論》(臺北:萬卷樓圖書股份有限公司,2017年),第五章,頁224-229。

113 〔清〕翁方綱:《復初齋文集》,見《續修四庫全書》,第1455冊,卷8,頁423。

114 〔明〕吳訥:《文章辨體序說》,見《文體序說三種》(臺北:臺灣大學出版中心,2016年),「律詩」,頁66。

（一）親風雅

　　杜甫〈戲為六絕句〉曾云「別裁偽體親風雅，轉益多師是汝師」，意即：學詩者在消極面須辨別並裁除缺乏真實性情的作品；在積極面須努力親近並學習情真性摯的《風》《雅》作品。凡具有真實情性的詩作，都是對你們有益處的作品——無論《風》、《雅》、《騷》、或是「漢魏」「六朝」，你們都可以轉而多方師法效仿，這些都是值得你們學習的對象。杜甫受世人推重的原因，除了集詩歌風格大成外，更在於杜甫秉性溫厚，情不忘君，遭貶而無怨，因而能創作溫柔敦厚的詩歌，實得《三百篇》遺旨。劉濬〈杜詩集評自序〉云：「且世之所以重杜者，尚不以其詩之『奪蘇、李，吞曹、劉，掩顏、謝而雜徐、庾，得古人之體勢，兼人人所獨專』，如元相所言已也；尤在一飯不忘君國，雖遭貶謫而無怨誹，溫柔敦厚，泃得《三百篇》遺意，所謂『上薄風雅』者，其在斯乎？」[115]首先，杜詩「一飯不忘君國」；忠臣孝子篇什本時見《詩經》，所謂「詩三百篇多出於忠臣孝子之什」（屠隆《由拳集・文論》，卷23；見後引文），因而杜詩實承繼《三百》遺旨。第二，杜甫性格溫厚和平，情真而性摯，含蓄蘊藉，貶而無怨，所以杜詩深得《三百》宏旨。第三，「得《三百篇》遺意」亦元積〈墓係銘〉「上薄《風》《雅》」之意，即「親風雅」者。

　　毛鳳枝亦云：「詩法之工，至唐極盛，獨推少陵為詩聖者何也？誠以其憂天憫人，感時書事，溫柔敦厚，悱惻纏綿，言之無罪，聽者足戒，有合於《三百篇》之旨，與夫流連光景、彫鏤風雲者異矣。」[116]杜甫以悲天憫人的仁心，溫柔敦厚的性情，創作溫厚的詩作，感時傷

---

115 孫微輯校：《清代杜集序跋滙錄》，頁340。
116 〔清〕毛鳳枝：〈思無邪齋詩存序〉，見《思無邪齋詩存》，收於《清代詩文集彙編》，第741冊，卷首，頁6。

事，藉由含蓄蘊藉的勸諫方式，使言者無罪，聽者足以戒，合於《三百篇》宗旨，因而獨推為「詩聖」。這不只強調杜詩能「上薄《風》《雅》」，也意指「上薄《風》《雅》」與「聖」的關係密切，所謂「追躡《風》《雅》為聖」者。[117]

由於杜詩能繼跡《風》《雅》，因而杜詩足為後人師法的楷範。錢謙益〈曾房仲詩序〉說：「杜有所以為杜者矣，所謂『上薄風、雅，下該沈、宋』者是也。學杜有所以學者矣，所謂『別裁偽體』，『轉益多師』者是也。」[118]杜甫集大成的理由是能「上薄風、雅」，又能「下該沈、宋」諸人，得古今體勢，兼人所獨專；學詩要學杜的理由是杜甫能「別裁偽體親風雅」，杜甫不僅能汰除缺乏真性情的作品，還能創作情真意摯的詩歌，深得《三百篇》宗旨；杜甫更主張要轉而多方學習情真性摯的作品。這否決詩人或詩作「定於一尊」的可能性。

杜詩能踵繼《三百篇》遺旨；凡能繼跡《風》《雅》者即足為後世學習典範，此即學詩學杜的理由之一。邵經濟說：「古今之詩，莫盛于唐，而唐之詩之盛者，莫少陵。若少陵之詩，所謂『上薄風雅』，得《三百篇》遺旨者，豈直『詞氣奮邁而風調清深，屬對律切而脫弃凡近』云哉。宋子京為之傳曰『子美之詩，情不忘君，人憐其忠』，是一念愛君憂國之心，足追風雅采蕭采葛之微意，則愛君憂國者，其詩之本乎！有本斯有據；審其據，而後『大可千言，次猶數百』，觸景成韻，可範也。」[119]古今之詩莫盛於唐；唐之詩莫盛於少

---

117 杜詩「追躡《風》《雅》為聖」者，另亦可參拙著：《杜甫從詩史到詩聖》，第五章，頁87-89。

118 〔清〕錢謙益：《初學集》，見《錢牧齋全集》（上海：上海古籍出版社，2003年），卷32，頁928-929。另亦可參考：《杜甫資料彙編（清代卷）》，第1冊，頁2。

119 〔明〕邵經濟：〈敘二江集〉，見《西浙泉厓邵先生文集》，收於《續修四庫全書》，第1339冊，卷4，頁487。

陵，因此古今之詩莫盛於少陵。[120]古今詩人當中，杜甫享有盛譽，其詩廣泛流行。由於杜詩情不忘君、愛君憂國，足追風雅微意，所以杜詩「上薄風雅」，得《三百篇》遺旨，不只元積〈墓係銘〉「詞氣豪邁而風調清深，屬對律切而脫棄凡近」而已；杜甫因有愛君憂國的本心，斯有承繼《三百》遺旨的詩作；因此杜詩無論長篇或短幅也值得效法學習。

張宇初也說：「暨唐初宋、杜、陳、劉，盛唐韋、柳、王、孟作，而氣度音節，雄逸壯邁，度越於前者也。而集大成者，必曰少陵杜氏。在當時，如高、李、岑、賈，亦莫之等焉。則杜氏之於窮達欣戚，發乎聲歌者，有合乎風雅，而足為楷法矣。」[121]杜甫將其平生經歷，愁苦悲歡，寓寄詩歌，有合乎《風》《雅》奧旨者，因而足成後人效法的典範。概括言之，杜甫一飯未忘君國，多忠臣愛國篇什；又情真性摯，遭貶而無怨，敦厚溫柔；能以含蓄方式勸諫，使言者無罪，聞者足戒，踵繼《風》《雅》遺旨，因此足為世人楷法。

（二）美教化

前人認為：詩歌還須具備教化的功能與屬性；而杜詩本具教化風俗的特色，張戒〈乾元中寓居同谷七歌〉說：「杜子美、李太白才氣雖不相上下，而子美獨得聖人刪詩之本旨，與《三百五篇》無異，此

---

120 孔暘〈午溪集序〉也說：「古今詩人莫盛於唐，唐之詩莫加於杜少陵。」（《杜甫資料彙編（金元卷）》，第5冊，頁406）另外，〔清〕顏佐才〈麓生詩集序〉也說：「詩莫盛於唐，而唐莫盛於杜。」見《麓生詩文合集‧香祖詩集》，收於《晚清四部叢刊》（臺中：文听閣圖書有限公司，2010年），第3編第93冊，卷首，頁5。最後，〔清〕吳廷颺〈歲寒堂讀杜序〉也說：「竊謂詩至有唐為極盛，唐人詩又以少陵為極盛。」見《歲寒堂讀杜》，第1冊，頁3。
121 〔明〕張宇初：〈雲溪詩集序〉，見《峴泉集》，收於《文瀾閣四庫全書》，第1270冊，卷2，頁777。

則太白所無也。……。子曰:『不學詩,無以言。』又曰:『詩可以興、可以觀、可以羣、可以怨,邇之事父,遠之事君。』〈序〉曰:『先王以是經夫婦,成孝敬,厚人倫,美教化,移風俗。』又曰:『上以風化下,下以風刺上,主文而譎諫,言之者無罪,聞之者足以戒。』子美詩是已。」[122]杜甫獨得《詩經》宗旨,可謂與《三百》無異;此意指杜詩深得溫柔敦厚《詩》教本旨,創作溫柔敦厚詩歌,藉由含蓄婉轉、似有若無的方式,刺上化下,使聞者足戒,言者無罪,止惡旌善,移風易俗,形塑大同淳善風氣,起教化之功,具經世濟民之用。許鴻磐〈杜詩抄小序〉也說:「少陵之詩,根乎愷惻篤摯之至性,更觸發于顛沛流離、饑寒戎馬之境,故其詣獨絕。……。少陵窮者也,余之窮尤劇,既愛少陵詩關乎倫紀風教之大,復以同病相憐,故嗜之倍篤。」[123]杜詩中存有關乎倫理綱常、風俗教化等重要屬性。傅與礪(1303-1342)也說:「子美學優才贍,故其詩兼備眾體,而述綱常、繫風教之作為多。《三百篇》以後之詩,子美又其大成也。」[124]傅與礪同樣肯定杜甫於詩中多述及倫理綱常、教化風俗等情事。歸結而言,杜詩具備教化風氣的特色。

　　由於杜詩具有教化的功能屬性,與《三百》無異,因此杜詩足以為後人師法。李繼白〈顧修遠杜詩注序〉說:「作詩者與注詩者上下千百年,其移人性情、有功風教如此哉!唐自以詩取士,家弦戶習,而節制矩矱,無不奉少陵為宗師。志奪蘇、李,氣吞曹、劉,每一篇出,自然非人之所能為而為之者也。至于流離遷播,悲憤憂鬱,情見乎詞,無非忠愛,深得《離騷》之遺。……。蓋自有詩以來,上自漢

---

122 〔宋〕張戒:《歲寒堂詩話》,見《歷代詩話續編》,上冊,卷上,頁469。
123 〔清〕許鴻磐:〈杜詩抄小序〉,見《清代杜集序跋滙錄》,頁334。
124 〔元〕傅與礪:《詩法源流》,見《元代詩法校考》(北京:北京大學出版社,2001年),頁235。

魏，下薄中晚，不下數千家，至少陵而為詩聖。」[125]杜甫創作溫柔敦厚詩歌，獨得《三百》本旨；注詩者揭露杜詩具儒家《詩》教深厚底蘊，使世人尊崇而學習，兩者都能陶育百姓溫厚的性情，對社會風俗教化作出重要貢獻。杜詩不僅有規矩法式，能情不忘君，亦助於風俗教化，甚至能集詩歌大成，因此受尊詩聖，後人無不奉為宗師。扼要地說，杜詩「美教化」是後世奉為宗師的因素之一。

（三）集大成

「集大成」指的是杜甫集詩歌風格之大成。元稹當是最早指出杜詩具有各種詩歌風格傾向者，〈墓係銘並序〉曾說：「至於子美，蓋所謂上薄風騷，下該沈宋，言奪蘇李，氣吞曹劉，掩顏謝之孤高，雜徐庾之流麗，盡得古今之體勢，而兼人人之所獨專矣。使仲尼考鍛其旨要，尚不知貴其多乎哉！苟以為能所不能，無可無不可，則詩人已來，未有如子美者。」（《舊唐書》，卷190下）由於杜甫盡得古今之體勢，兼人人之所獨專，因此詩人以來，未有如子美者，杜甫堪為古今第一人。《新唐書‧杜甫傳》亦持類似的看法，書云：「至甫，渾涵汪茫，千彙萬狀，兼古今而有之。它人不足，甫乃厭餘。殘膏賸馥，沾丙後人多矣。故元稹謂『詩人以來，未有如子美者』。」[126]「渾涵汪茫」諸語乃形容杜詩像是汪洋深海般的浩瀚廣博，具備古今各種不同詩歌風格，所以杜甫為詩人之首。這基本上還是承襲元稹對杜詩的看法。

秦觀〈韓愈論〉則說：「杜子美之於詩，實積眾家之長，適當其時而已。昔蘇武、李陵之詩，長於高妙，曹植、劉公幹之詩，長於豪逸，陶潛、阮籍之詩，長於沖澹，謝靈運、鮑昭之詩，長於峻潔，徐

---

125 〔清〕李繼白：〈顧修遠杜詩注序〉，見《清代杜集序跋匯錄》，頁44。
126 〔宋〕歐陽修、宋祁等奉敕撰：《新唐書》，見《文淵閣四庫全書》，第276冊，卷201，頁61。

陵、庾信之詩,長於藻麗。於是杜子美者,窮高妙之格,極豪逸之氣,包沖澹之趣,兼峻潔之姿,備藻麗之態,而諸家之作所不及焉。然不集諸家之長,杜氏亦不能獨至於斯也,豈非適當其時故耶?孟子曰:『伯夷,聖之清者也;伊尹,聖之任者也;柳下惠,聖之和者也;孔子,聖之時者也。孔子之謂集大成。』嗚呼!杜氏、韓氏亦集詩文之大成者歟!」[127]秦觀直指杜甫集備各種詩歌風格大成;凡能適當其時而積聚諸家擅長者,不僅眾所不及,甚而可以稱「聖」。今杜甫兼備各種不同詩歌風格,諸家不及,因而古今獨步而為「詩聖」。[128]

由於杜甫集詩歌大成,因此杜甫獨步詩壇,宋犖說:「若夫渾涵汪茫,千彙萬狀,惟少陵一人而已。」[129]杜甫集各種詩歌風格大成,獨步千古,因此杜詩為古人取法學習的對象,呂午說:「唐詩惟杜工部號『集大成』,自我朝數鉅公發明之,後孝咸知宗師,如車指南,罔迷所向也。」(《竹坡類稿》,卷3,「題跋」)宋人發明杜甫「集大成」的名號,將杜甫與孔子相提並論,為後世指明詩歌創作宗旨與方向,所以杜甫乃為後學宗師,足為學詩者的典範。因此杜詩「備集大成」與「以杜為師」關係密切。

小結

宋代曾掀起一股學杜的風潮,這是由於宋人推崇效法杜甫與杜詩的緣故;宋人崇重杜甫及其詩歌,這是因為杜集整理刊行、儒學復

---

127 〔宋〕秦觀:《淮海集》,見《宋集珍本叢刊》,第27冊,卷22,頁325。
128 秦觀將孔子與杜甫類比,今將秦觀類比論證重構如下:(一)孔子是適當其時的集大成者,(二)孔子是聖人,(三)凡適當其時的集大成者是聖人,(四)杜甫是適當其時的集大成者,因此(五)杜甫是聖人。另亦可參拙著:《詩聖——杜詩詮釋新論》,第五章,頁221。
129 〔清〕宋犖:《漫堂說詩》,見《清詩話》(臺北:西南書局,1979年),頁374。

興、宋儒推崇、文壇領袖推揚與文學集團尊崇使然。

　　杜集的整理刊行，使杜詩在宋朝流傳遂廣，宋人更有機會認識杜甫與杜詩具有儒家推許的價值；宋代儒學復興，國家意識抬頭，宋人覺察儒家思想、國家意識與杜詩憂君愛國、經世濟民的志意相合，因此杜詩隨之也受高度重視，詩壇地位大大提升。宋儒推崇杜詩，使人崇奉師法，蘇軾高度的讚賞──「古今詩人眾矣，而杜子美為首」，宋人愈發崇敬其人其詩，黃庭堅與江西詩派的標榜與學習，更使學詩者以杜為師。宋人也透過杜甫與其他詩人的比較，對照出杜甫在個人情志、詩歌風格與國家意識等等各方面的優異傑出，此等皆大大推升了杜甫於宋代詩壇的地位，杜甫與杜詩成為後人師法的對象。

　　宋人一開始對杜詩的學習，是從「規矩」「方法」入手，因為「有規矩故可學」，有規矩可循易有學習成效。學習與研究成果之一主要是體現在「頓挫」與「句法」上。宋人學習杜甫以頓挫起伏來指事陳情的創作之道，開啟宋代「以文為詩」的樣貌。宋代研討杜詩句法，包含「顛倒句」、「歇後句」、「問答句」、「互體」與「藏頭句」等等，開啟後世對杜詩句法的研究。宋代以下，古人對杜詩規矩的推崇學習，也擴大到杜甫人格性情與詩藝成就的景仰與師法了。

　　推崇效法背後的觀念即「取法乎上」。在人格性情方面有「忠」──情不忘君；「仁」──溫柔敦厚。詩藝成就方面有「親風雅」「美教化」與「集大成」。這意指杜甫與杜詩在這些方面，可以獨步千古，為古今詩人之首，或取得高度成就──達到《詩經》般的功績。由於學詩須「取法乎上」；若欲「取法乎上」須以杜為師，因此學詩須以子美為師。或者細部地說，因為杜甫秉性忠愛，性情溫厚；杜詩追躡風雅，可以移易風俗；甚至集備詩歌風格大成，所以杜甫與杜詩足以成為後人師法的典範。這背後呈現含意有二：

　　就小我而言，「學習杜詩」有兩個正確：「政治正確」與「學詩正

確」。在封建時代，這符應政治與文藝的主流，可謂睿智的抉擇。就大我而言，北宋初期詩壇呈現一典範缺乏的焦慮，士人不斷嘗試從唐代尋找典範。王禹偁學白居易，楊億學李商隱，盛度學韋應物，歐陽修學李白、韓愈。然而宋代隨著儒家逐漸復興與國家意識抬頭，在政治、社會與文化上，需要的是經世致用的政治圖騰，繼孔子後的聖人，指引道路：秦觀將杜甫與孔聖譬比；楊萬里推為「詩中之聖」，於是宋人將杜甫初步的聖化，明清尊杜則是杜甫聖化的完成，在聖化的過程中，杜甫必然成為歷史的楷範，師法的對象。

　　最後還有幾點想法，首先，杜甫與其詩歌確實有值得師法之處，但這絕不意味在學習上「定杜於一尊」，不效法其他詩人；若在學習上欲「定杜於一尊」恐需提出理由，更何況杜甫曾云「轉益多師是汝師」。其次，杜甫的「忠君愛國」雖與當前思潮極為扞格，不為人所喜，然其背後實以民為本，呈現的是「痌瘝在抱」「民胞物與」的心懷，杜甫更會以含蓄方式譏刺國君朝政，所謂「眼枯即見骨，天地終無情」、「可憐後主還祠廟，日暮聊為〈梁甫吟〉」者。第三，「取法乎上」當聚焦於實質精神與內涵，譬如讀萬卷書等踏實意志；詩歌藝術等創新價值；造福百姓等終極關懷；非僅止於個人的浮泛虛名，更不可忽視其他詩人的價值成就與「後出轉精」的可能性。第四，杜甫的成就，除了自身努力外，還包含後世杜集整理刊行、宋儒尊崇、文壇領袖推崇、文學集團推揚、國家朝代需要，以及前賢對杜詩深度意蘊的揭露此等卓著貢獻，何況「文章隱顯，固自有時哉」，如此「以杜為師」說始較為整全且公允。

　　由於杜詩有規矩可循，規矩體現在「頓挫」與「句法」上，前者演變成「以文為詩」，後者發展成「裝造句法」。

第三章
以文為詩[1]

　　本章主要是探究杜甫「以文為詩」的論述。「以文為詩」的討論多集中在韓愈與宋人的詩歌上,[2] 一般認為「以文為詩」乃宋詩的特色之一,源頭可追溯至韓愈的詩歌。事實上,「以文為詩」當源於杜甫的詩歌。這個論題頗為複雜,本章是以「詩文交集——賦法」為主要的研究進路,在表現形式上,說明杜詩「賦」法的表現;在作品內容上,側重於杜詩「敘事議論」的內容,試圖從詩文之理為一還是詩文判然兩途來思索「以文為詩」這個問題。如果詩文之理為一,那麼詩文的交集為何?如果詩文別為兩道,那麼「以文為詩」又如何可能?

　　詩與文實為兩道,然而詩文間也有聯繫存在,並非截然二分,交集主要是在「賦」法上。杜甫常在詩歌中透過賦法來敘事議論,一方面,記事本為史官職責,因而杜甫具有詩史的稱號;另一方面,藉由賦法以頓挫起伏來敘事議論,使得後人認為杜甫「以文為詩」,詩歌

---

[1] 本章曾以〈杜甫以文為詩說〉之名,發表於《淡江中文學報》第13期(2005年12月),今在本書論題下,進行修改增刪。

[2] 閻琦:〈關于韓愈的以文為詩〉,見《韓詩論稿》(西安:陝西人民出版社,1984年),頁136-175。葛曉音:〈詩文之辨和以文為詩——兼析韓愈、白居易、蘇軾的三首記游詩〉,見《漢唐文學的嬗變》(北京:北京大學出版社,1995年),頁305-314。羅聯添:〈論韓愈古文幾個問題〉,見《漢學研究》第9卷第2期(1991年12月),頁289。王基倫:〈「韓愈以詩為文」論題之辨析〉,見《第二屆國際唐代學術會議論文集》(臺北:文津出版社,1993年),頁377-399。其他相關的論文尚有朱自清:〈論「以文為詩」〉,見《朱自清古典文學論文集》(臺北:源流出版社,1982年),頁91-99。吳淑鈿:〈以文為詩的觀念嬗變〉,見《中國文哲研究集刊》第17期(2000年9月),頁237-262。

具有史傳散文的表現色彩。杜詩賦法的表現之道在杜詩的創作中實居重要地位。本章從「賦」法角度來探索杜甫「以文為詩」的論題。最後，杜甫以起伏頓挫來敘事議論，亦與杜詩「雄深雅健」的風格關係密切。

第一節　宋人以文為詩的淵源

宋詩大體是以散文化、議論化為主要的特色，嚴羽《滄浪詩話・詩辨》說：「近代諸公乃作奇特解會，遂以文字為詩，以才學為詩，以議論為詩。夫豈不工，終非古人之詩也，蓋於一唱三嘆之音，有所歉焉。」[3]宋人這種散文化、議論化的創作之道，大致即是「以文為詩」的表現手法。宋人「以文為詩」的創作手法，淵源有三：杜甫、白居易與韓愈。

首先就韓愈而言，韓愈應是最早被稱為以文為詩的創作者，[4]一般也認為：宋人的「以文為詩」當源於韓愈。許學夷《詩源辯體》說：「退之五言古，如『屑屑水帝魂』、『猛虎雖云惡』、『駑駘誠齷齪』、『雙鳥海外來』、『失子將何尤』、『中虛得暴下』等篇，鑿空構撰，『木之就規矩』，議論周悉，『此日足可惜』，又似書牘，此皆以文為詩，實開宋人門戶耳。」[5]由於韓愈的某些詩歌論議周全，某些詩歌語言又似書信散文，使得韓愈的部分詩歌呈現以文為詩的表現形

3　〔宋〕嚴羽著、郭紹虞校釋：《滄浪詩話校釋》，頁26。
4　〔宋〕陳師道《後山居士詩話》說：「黃魯直云：『杜之詩法出審言，句法出庾信，但過之耳。杜之詩法，韓之文法也。詩文各有體，韓以文為詩，杜以詩為文，故不工耳。』」見《叢書集成新編》（臺北：新文豐出版公司，1985年），第78冊，文學類，頁345。另外，陳善《捫蝨新話》也說：「韓以文為詩，杜以詩為文，世傳以為戲。」見《叢書集成新編》，第12冊，上集卷1，頁248。
5　〔明〕許學夷：《詩源辯體》（北京：人民文學出版社，2001年），卷24，頁252。

態,這個以文為詩的創作之道,開啟宋詩一派,也因此古人通常以為韓愈的詩歌與宋人「以文為詩」有關。趙翼《甌北詩話》說:

> 以文為詩,自昌黎始;至東坡益大放厥詞,別開生面,成一代之大觀。[6]

宋代「以文為詩」的創作之道所以能成為一代大觀,主要是因為承繼韓愈以散文入詩的創作手法,豐富了古典詩歌的內涵,逮至蘇軾,其詩更加大發議論,具有哲理,為宋詩闢出新局。

韓愈這種以文為詩的表現形態可溯至杜甫的創作之道,劉辰翁於〈趙仲仁詩序〉一文中說:

> 杜雖詩翁,散語可見,惟韓、蘇傾竭變化,如雷霆河漢,可驚可快,必無復可憾者,蓋以其文人之詩也。[7]

杜甫以散語入詩,韓愈與蘇軾的詩歌不僅走散文化的道路,又竭盡變化。韓、蘇以散文的方式寫詩,他們所創作的詩歌即所謂的「文人之詩」,因而韓愈與蘇軾的詩歌可稱為以文為詩。然而無論如何,韓愈、蘇東坡這種以散文來創作詩歌的方式,實可溯源至杜甫以散語入詩的創作方法。[8]

---

6 〔清〕趙翼:《甌北詩話》,見《清詩話續編》,第2冊,卷5,頁1195。
7 〔宋〕劉辰翁:《須溪集》,見《叢書集成續編》(臺北:新文豐出版股份有限公司,1989年),第132冊,文學類,卷6,頁105。關於宋人「以文為詩」的創作現象始於韓愈,而韓愈「以文為詩」主要是源於杜甫的相關論述,可參許總:《杜詩學發微》(南京:南京出版社,1989年),頁270-271。
8 許總於〈杜甫以文為詩論〉一文中說:「韓愈的以文為詩,則是上承杜之首創,下啟宋代之極盛。因此,我以為,以文為詩的創始,應當改變傳統的說法,從韓愈上溯到杜甫。」(見《杜詩學發微》,頁271)

其次就白居易而言，白居易的五言古詩、七言律詩與七言絕句大體具有以文為詩的表現色彩，並開啟宋詩的門戶：一、就五古來說，其五言古詩敘事詳細明白，議論暢快，以文為詩，開始宋人以文為詩的風氣。許學夷《詩源辯體》說：

> 白樂天名居易。五言古，其源出於淵明，……，但以其才大而限於時，故終成大變；其敘事詳明，議論痛快，此皆以文為詩，實開宋人之門戶耳。[9]

白居易的五言古詩何以具有「以文為詩」的表現形態呢？關鍵在於敘事詳明與議論痛快。那麼，敘事議論與「以文為詩」關係密切。

二、就七律來說，白居易某些七言律詩，大入議論，以文為詩，開啟宋詩的門戶。許學夷《詩源辯體》說：「樂天七言律，如『萬里清光』、『岳陽樓下』、『來書子細』等篇，亦為小變；如『我轉官階常自愧，君加邑號有何功？』〈妻初授邑號告身〉。『翠黛不須留五馬，皇恩只許住三年。』〈西湖留別〉。『借問連宵直南省，何如盡日醉西湖』〈代諸妓寄嚴郎中〉等句，始入遊戲；如『試玉要燒三日後，辨材須待七年期』。『松樹千年終是朽，槿花一日自為榮』。『只見火光燒潤屋，不聞風浪覆虛舟』。『蠹全性命緣無毒，木盡天年為不才』。『榮枯事過都成夢，憂喜心忘便是禪』。『學調氣後衰中健，不用心來鬧處閒』。『當君白首同歸日，是我青山獨往時』。『盡離文字非中道，長住虛空是小乘』等句，亦大入議論；如『夜眠身是投林鳥，朝飯心同乞食僧』。『寒松縱老風標在，野鶴雖飢飲啄閒』。『二三月裏饒春睡，七八年來不早朝』。『聞有酒時須笑樂，不關身事莫思量』。『五千言裏教知

9　〔明〕許學夷：《詩源辯體》，卷28，頁271。

足,《三百篇》中勸式微」等句,亦快心自得;如『新詩傳詠』、『鹽陽時節』、『憶除司馬』等篇,則兩股交串;如『昔年八月』、『非莊非宅』、『案頭曆日』等篇,又隔句扇對;至『早聞元九』一篇,體製更奇。此皆以文為詩,實開宋人之門戶耳。」[10]白居易部分七言律詩具有「以文為詩」的表現色彩,主要仍與詩入議論存有密切的關係。

三、就七絕來說,白居易不只某些五古、七律以文為詩,部分的七言絕句也大發議論,以文為詩,開始宋詩的門戶。許學夷《詩源辯體》又說:「樂天七言絕,如『雪盡終南』、『憶拋印綬』、『今年到時』、『行人南北』、『野店東頭』、『烟葉蔥蘢』、『青苔故里』、『靖安宅裏』、『朱門深鎖』等篇,意雖深切,亦尚為小變;如『欲上瀛洲』、『花紙瑤緘』、『小樹山榴』、『紫房日照』、『我梳白髮』、『柳老春深』等篇,亦大入遊戲;如『老去將何』、『牆西明月』、『酒後高歌』、『莫嫌地窄』、『自知氣發』、『自學坐禪』、『歲暮皤然』、『臥在漳濱』、『勞將白叟』、『琴中有曲』、『莫驚寵辱』、『鹿疑鄭相』、『相府潮陽』等篇,亦大入議論;如『狂夫與我』、『少年怪問』、『重裘暖帽』、『目昏思寢』、『紗巾草履』、『自出家來』等篇,亦快心自得,此亦以文為詩,亦開宋人之門戶耳。」[11]歸結地說,前人大抵是從議論的角度來解釋以文為詩的現象,有時也以敘事的角度來說明以文為詩的形成,所謂的「敘事詳明」、「議論周悉」、「議論痛快」、「大入議論」等等都使詩歌具「以文為詩」的表現傾向。這個「以文為詩」的論述主要仍偏重於議論上立說,其次始兼及敘事。

詩歌倘若涉及議論敘事即是「以文為詩」,那麼敘事議論在此即被理解為「以文為詩」的一種內涵。這個觀念背後意指「詩」與「文」的一種區分即在「敘事議論」,其原則是「詩與文章不同,文

---

10 〔明〕許學夷:《詩源辯體》,卷28,頁276-277。
11 〔明〕許學夷:《詩源辯體》,卷28,頁277。

顯而直，詩曲而隱」。[12]現在將顯而直的敘事議論入之於詩，使詩涉議論敘事，此即「以文為詩」。古人甚至更進一步認為：唐人「以文為詩」者「開宋人門戶」。因此開啟宋詩的門戶大致與唐詩的敘事議論有關。

具體而言，韓愈、白居易等元和諸人，[13]有時敘事詳明，有時議論痛快，以文為詩，[14]開啟了宋詩的門戶。然而杜甫詩歌已涉敘事，[15]甚至議論，因此杜詩實已「以文為詩」，開宋詩一路。據此，宋人的「以文為詩」實可追溯至杜甫的創作方式。許學夷《詩源辯體》說：

> 子美眾作雖與諸家不同，然未可稱變。至五言古，如〈柴門〉、〈杜鵑〉、〈義鶻〉、〈彭衙〉，用韻錯雜，出語豪縱；七言古，如〈魏將軍歌〉、〈憶昔行〉，用韻險絕，造語奇特，皆有類退之矣；〈茅屋為秋風所破〉亦為宋人濫觴，皆變體也。又七言律，如「伯仲之間見伊呂，指揮若定失蕭曹」、「韓公本意築三城，擬絕天驕拔漢旌。豈謂盡煩回紇馬，翻然遠救朔方兵」，始漸涉議論；五言律，如「吾宗老孫子，江皋已仲春」，七言律，如「清江一曲」、「一片花飛」、「朝回日日」等篇，亦宛似宋人口語。予嘗與方翁恬論詩，予曰：「元和諸公，始開

---

12 〔明〕許學夷：《詩源辯體》，卷1，頁4。
13 許學夷的《詩源辯體》中，「元和諸人」包括韓愈與白居易等人，許學夷《詩源辯體》說：「大歷以後，五七言古、律之詩，流於委靡。元和間，韓愈、孟郊、賈島、李賀、盧仝、劉義、張籍、王建、白居易、元稹諸公羣起而力振之，惡同喜異，其派各出，而唐人古、律之詩至此為大變矣。」(卷24，頁248)
14 〔明〕許學夷著《詩源辯體》說：「元和諸公，議論痛快，以文為詩，故為大變。」(卷23，頁245)
15 〔明〕許學夷著《詩源辯體》說：「五七言樂府，……，至子美則自立新題，自創己格，自敘時事。」(卷19，頁209)

宋人門戶。」翁恬曰:「杜子美已開宋人之門戶矣。」此語實不為謬。[16]

許學夷在此肯定:韓愈、白居易等元和諸公之前,杜甫的詩歌已開宋人「以文為詩」的門戶了。[17]

第三就杜甫而言,前人通常也是從敘事與議論的角度來說明杜甫「以文為詩」的創作現象,杜甫這個詩歌上的表現之道也使他成為宋詩的淵源之一。鄭善夫即認為宋人以文為詩,主要是由於宋人學習杜甫長篇沉著頓挫、指事陳情的創作方式,這致使宋詩的雅道大壞。焦竑《焦氏筆乘》說:

> 余家有鄭善夫批點杜詩,其指摘疵類,不遺餘力,然實子美之知己。餘子議論雖多,直觀場之見耳。嘗記其數則:……。一云:長篇沈著頓挫,指事陳情,有根節骨格,此杜老獨擅之能,唐人皆出其下。然詩正不以此為貴,但可以為難而已。宋人學之,往往以文為詩,雅道大壞,由杜老起之也。[18]

---

16 〔明〕許學夷:《詩源辯體》,卷19,頁220。
17 另外,《詩源辯體》曾說:「或問:『子言樂天五言古敘事詳明,以文為詩,今觀杜子美〈新婚別〉、〈垂老別〉、〈無家別〉等,亦皆敘事,何獨謂樂天以文為詩乎?』曰:子美敘事,紆迴轉折,有餘不盡,說見子美論中。正未易及;若樂天,寸步不遺,猶恐失之,乃文章傳記之體。」(卷28,頁271)從本文前述的引文可知,許學夷並未「獨謂」白居易以文為詩,他明確指出「以文為詩」者除了白居易外,尚有韓愈;間接指出「以文為詩」者為杜甫。那麼,問者所言的「獨謂」實異於許學夷的看法。
18 〔明〕焦竑:《焦氏筆乘》(臺北:廣文書局,1968年),卷3,頁168-169。另亦可參喬億:《劍谿說詩》,見《清詩話續編》,第2冊,卷下,頁1092。鄭善夫批點杜詩世已無傳本,周采泉《杜集書錄》「內編」曾說:「鄭氏批點杜詩,世無傳本。唯焦竑《筆乘》曾錄其批語。」(頁515)

鄭善夫以為宋人以文為詩的創作方式是由於學習杜詩而開始的，那麼，杜詩長篇以頓挫起伏方式指事陳情的創作之道，實為宋人「以文為詩」的一種淵源。

葉燮認為宋詩雖以議論為主，走上以文為詩的創作道路，然而宋詩之前，杜甫實已將議論入詩，因此宋人以文為詩的表現方式，至少可追溯至杜甫的詩歌。《原詩》說：「有謂唐人以詩為詩，主性情，於《三百篇》為近；宋人以文為詩，主議論，於《三百篇》為遠。何言之謬也。唐人詩有議論者，杜甫是也。杜五言古議論尤多，長篇如〈赴奉先縣詠懷〉、〈北征〉及〈八哀〉等作，何首無議論？而獨以議論歸宋人，何歟？」[19]甚至「自甫以後，在唐如韓愈、李賀之奇崛，劉禹錫、杜牧之雄傑，劉長卿之流利，溫庭筠、李商隱之輕豔；以至宋、金、元、明之詩家，稱巨擘者無慮數十百人，各自炫奇翻異，而甫無一不為之開先。」[20]杜甫既開宋明詩家先河，當然也包括宋人的以文為詩。綜而言之，從唐宋詩學來說，開啟宋人以文為詩的門戶之一應為杜詩中的敘事議論與起伏頓挫。

宋人「以文為詩」的創作方式，其淵源至少可歸於：杜甫、白居易與韓愈等三人。但是在韓愈、白居易等元和諸公之前，古人認為杜甫在詩歌中已運用散文的方式來議論敘事，此「以文為詩」的創作方式，開啟宋詩的創作道路。

第二節　杜甫以文為詩的現象

如果杜甫是開啟宋人「以文為詩」創作風氣的淵源之一，那麼杜甫的詩中是否有「以文為詩」的現象呢？古人對於這個問題是持肯定

19　〔清〕葉燮：《原詩》，見《清詩話》，頁553。
20　〔清〕葉燮：《原詩》，見《清詩話》，頁516。

的態度。謝榛的《四溟詩話》說:「子美〈北征篇〉,詩中之文也。」[21]沈德潛《杜詩偶評》於〈北征〉詩「皇帝二載秋,閏八月初吉」兩句,旁批曰:

> 竟用文筆敘起,老氣無敵。[22]

沈德潛認為杜甫〈北征〉詩首兩句具有文筆色彩。此外,杜甫五言古詩〈送重表姪王砅評事使南海〉「我之曾老姑,爾之高祖母」兩句,喬億《杜詩義法》說:

> 謂文不可入詩者,請視此發端。[23]

喬億不僅肯定文可以入詩,也認定此詩的發端杜甫以文入之。換言之,古人認為杜詩具有以文為詩的情形。一般而言,前人對於杜甫以文為詩的討論,主要是從詩歌內容與表現形式兩方面來說明的。

　　首先就詩歌內容而言,這是指杜甫往往藉詩來敘事議論,譬如〈自京赴奉先縣詠懷五百字〉與〈北征〉,「胡夏客曰:詩凡五百字,而篇中敘發京師,過驪山,就涇渭,抵奉先,不過數十字耳。餘皆議論感慨成文,此最得變雅之法而成章者也。又曰:〈赴奉先詠懷〉,全篇議論,雜以敘事。〈北征〉則全篇敘事,雜以議論。蓋曰詠懷,自應以議論為主;曰北征,自應以敘事為主也」。[24]又如「〈劍門〉與

21　〔明〕謝榛:《四溟詩話》,見《歷代詩話續編》,卷2,頁1167。
22　〔清〕沈德潛:《杜詩偶評》(京都:中文出版社,1977年),卷1,頁41。
23　〔清〕喬億:《杜詩義法》,見《四庫未收書輯刊》(北京:北京出版社,2000年),10輯・第28冊,卷上,頁726。
24　〔清〕仇兆鰲:《杜詩詳注》,卷4,頁274。

〈鹿頭〉篇，皆別立議論之文」，[25]而〈奉贈王中允維〉「是先敘事後議論之文」。[26]又如〈承聞河北諸道節度入朝歡喜口號絕句十二首〉「竟是一大篇議論夾敘事之文，與紀傳論贊相表裏」。[27]若以詩來敘事議論這常使詩與文易於相合，因而古人認為杜詩具以文為詩的現象。

其次就表現形式而言，這是指杜甫的詩歌常常具有古文文法、章法與結構。方東樹《昭昧詹言》說：

> 文法不過虛實順逆，離合伸縮，而以奇正用之入神，至使鬼神莫測。在詩，惟漢、魏、阮公、杜、韓有之。[28]

《昭昧詹言》又說：

> 讀阮公、陶公、杜、韓詩，須求其本領，兼取其文法。[29]

若就杜甫具體的詩作而言，前人也常常認為杜詩具有古文文法、章法與古文結構的表現形式。譬如〈縛雞行〉，黃生說「八句用六『雞』字，不覺其煩；『蟲雞』，『雞蟲』掉轉用，皆得古文之法」。[30]又如〈銅缾〉「突起一句，隨手撇開，至結尾始挽合，……，乃古文遙呼徐應之法也」。[31]又如〈古柏行〉，吳瞻泰說「首段詠柏時，忽然橫插『君臣』句，是古文斷續法」。[32]又如〈後苦寒行二首〉之二「天兵斷

---

25 〔清〕浦起龍：《讀杜心解》，卷1之3，頁87。
26 〔清〕浦起龍：《讀杜心解》，卷3之1，頁370。
27 〔清〕楊倫：《杜詩鏡銓》（臺北：華正書局，1986年），卷15，頁757。
28 〔清〕方東樹：《昭昧詹言》（臺北：廣文書局），卷8，頁4。
29 〔清〕方東樹：《昭昧詹言》，卷4，頁1。
30 〔清〕黃生：《杜工部詩說》，卷3，頁171。
31 〔清〕黃生：《杜工部詩說》，卷4，頁226。
32 〔清〕吳瞻泰：《杜詩提要》（臺北：臺灣大通書局，1974年），卷6，頁336。

斬青海戎，殺氣南行動地軸，不爾苦寒何太酷」三句，「謂應是天兵斬斷青海戎，以致殺氣南行動地軸，不然，何苦寒太酷如此哉，三句直是古文頓挫」。[33] 又如〈將曉〉，黃生說此詩「八句中起伏頓挫，曲曲折折，大開大闔之文也」。[34] 又如〈南鄰〉，「前半敘事，語簡而意深，後半寫景，語妙而意淺，前將山人之品之行之逸韻高情，一一寫出，却只是四句，後不過寫一別字，却亦是四句，淺深繁簡之間，便是一篇極有章法古文也」。[35] 詩歌惡於直陳，須避免流於平直板滯，以脈顯為忌，因此杜甫或用字掉轉，或遙呼徐應，出以起伏斷續、頓挫開闔、淺深繁簡、一正一反之法。此一正一反的創作形式與古文的表現之道相合，因而古人往往認為杜詩與古文文法、章法結構關係密切。

又如〈北征〉，「此詩分四大段，『辭闕』一段，『在路』一段，『到家』一段，『時事』一段。若各敘，自可分為數題，亦無害各為佳篇，然杜公偏以合敘見本事。蓋一篇用筆忽大忽小、忽緊忽鬆，他人急忙轉換不來，而公把三寸弱翰直似一桿鐵槍，神出鬼沒，使人應接不暇，此真萬夫之特也。尤妙在末後一段，本是辭闕時一副說話，却留在後找完，以成一篇大局，自是古文結構」。[36] 又如「〈野人送朱櫻〉詩，意中先有昔為朝官與賜櫻桃之事。然使即從當時與賜說起，轉到野人之送，以寄淒涼，便是直筆俗筆。少陵卻作倒裝，『西蜀櫻桃也自紅』，只『也自紅』三字，已含下半首矣。第三語『愁仍破』，四語『訝許同』，躍躍欲出而頓挫之，然後點明『憶昨』二句。第七語『金盤玉筋無消息』將『憶昨』之事結過。落句『此日嘗新類轉蓬』，歸到本題。八句中收縱開合，直是一篇大古文」[37]。杜甫〈北

---

33 〔清〕吳瞻泰：《杜詩提要》，卷6，頁352-353。
34 〔清〕吳瞻泰：《杜詩提要》，卷9，頁489。
35 〔清〕黃生：《杜工部詩說》，卷8，頁466。
36 〔清〕黃生：《杜工部詩說》，卷1，頁52。
37 〔清〕施補華：《峴傭說詩》，見《清詩話》，頁911-912。

征〉、〈野人送朱櫻〉與古文契合，除了詩中皆有敘事的成份外，主要原因也在於詩中忽小忽大、忽鬆忽緊、一擒一縱、一開一合等古文的表現手法。

綜而言之，杜甫的詩歌具有以文為詩的現象。一方面，由於杜甫多透過詩歌來敘事議論，藉由詩歌來敘事議論使得「詩」「文」這兩種不同的文類變得較為接近，因而杜詩與古文的契合性較強；另一方面，因為杜甫在詩歌中常出以一正一反的創作之道。這種一正一反的創作原理本即與古文的創作之道相通相同，所以杜詩與古文兩相接近，評杜詩者也就認定杜詩具有古文的文法、章法與結構的表現形態。

第三節　詩文一理

「以文為詩」關涉「詩文是否一理」的問題，涉及詩文是否有交集。如果「詩」與「文」為兩個沒有交疊的事物，那麼詩人如何能「以文為詩」呢？詩歌如何能有「以文為詩」的表現傾向呢？一般而言，對「以文為詩」持有異議者，通常都是從「詩寫性情」出發，進而否定「以文為詩」的現象。他們認為：由於詩主吟咏、抒性情，因此詩不可入以議論故實，不可直抒胸臆，不可以文為之。屠隆在《由拳集》〈文論〉中說：

> 古詩多在興趣，微辭隱義，有足感人，而宋人多好以詩議論，夫以詩議論，即奚不為文而為詩哉？詩三百篇多出於忠臣孝子之什，及閭閻匹夫匹婦童子之歌謠，大意主吟咏、抒性情以風也，固非博綜詮吹以為篇章者也，是詩之教也。唐人詩雖非三百篇之音，其為主吟咏、抒性情則均焉而已。宋人又好用故實組織成詩，夫三百篇亦何故實之有？用故實組織成詩，即奚不

為文而為詩哉?[38]

「夫以詩議論,即奚不為文而為詩哉」意謂:文以議論,詩不當議論;若要以詩敘事議論,何不以文為之,反而藉詩來議論?屠隆認為,詩不可入以議論,不可以文為之,因為詩是用以抒情吟咏;[39]屠隆對「以文為詩」持保留的態度。

郝敬也主張「詩以道性情」,[40]文以寫胸臆,「詩」「文」之體有別,它們是不同的文類。《藝圃傖談》「唐體」說:

> 詩極變于杜甫,而韓愈效之。先輩謂甫「以詩為文」,愈「以文為詩」。詩文同而體別也,詩近性情,文直寫胸臆,文所難言者,詩以咏之。五經同文而別有風雅,其來遠矣。夫既謂之詩,又焉可以為文?鹵莽混同,自是後人馳騁之習,非詩之正體也。[41]

杜甫把詩歌當作文章來寫,所謂「甫『以詩為文』」;韓愈效法杜甫,用寫文章方法寫詩,所謂「愈『以文為詩』」。但是詩與文為兩個不同的文類。文寫胸臆,詩主抒情,文所難言,詩以吟之。因而詩文不可混同。詩不可以文為,文不可以詩為。因此詩人無論是杜甫或韓愈,皆須以抒發情感為詩歌的道路,不可以文為之。郝敬否認了「以文為

---

38 〔明〕屠隆:《由拳集》,見《續修四庫全書》,第1360冊,卷23,頁293-294。
39 〔明〕屠隆《由拳集》〈唐詩品彙選釋斷序〉說:「夫詩,由性情生者也。」(卷12,頁143)又,〈與友人論詩文〉說:「詩以吟咏寫性情者也。」(卷23,頁296)
40 〔明〕郝敬《藝圃傖談》(國家圖書館,明萬曆至崇禎間遞刊本)「古詩」說:「詩者,性情中和之道。」(卷1,頁9)又說:「詩本性情,關風化。」(卷1,頁12)又說:「詩以道性情。」(卷1,頁23)
41 〔明〕郝敬:《藝圃傖談》,卷3,頁16。

詩」的創作之道。對「以文為詩」抱持異議的詩評家,大致認為「性情」為詩的構成要素,由於詩主抒情,因此詩不可入以議論。倘若詩人以議論甚至敘事入詩,直寫胸臆,「以文為詩」,那麼詩道往往大壞。這是反對「以文為詩」說的基本論述。

古人甚至認為宋詩大壞是學習杜詩的結果,譬如前述鄭善夫即認為:宋人學習杜甫長篇以頓挫指事陳情的表現之道,宋人因而往往以文為詩,導致了詩歌的「雅道大壞」。于慎行也認為:宋人學習杜詩,杜詩盛行於宋,這使得宋詩因而敗壞,《穀山筆麈》「詩文類」說:「宋文之淺易,韓文兆之也;宋詩之蕪拙,杜詩啟之也。韓之文大顯於宋,而宋文因韓以衰;杜之詩盛行於宋,而宋詩因杜以壞。」[42]杜詩陳事論議的特色似乎成為宋詩敗壞的一個原因。

古人對於前述「詩歌不入以議論」的看法也多所批評。他們大抵是直接訴諸《詩經》本有議論,以《詩經》為反例,試圖說明:「詩不入以議論」或「詩歌不主議論」這個主張值得商榷。伍袁萃《林居漫錄》畸集卷四:「評詩者有曰:『宋人以議論為詩而詩亡。』非也,《三百篇》具在,豈盡觸景暢懷、天籟自動?若二雅三頌,則朝廷郊廟之樂歌也,變風變雅,則幽人志士之激談也,此孰非議論,何獨宋人然哉?特體格風韵至宋而愈下耳。」[43]如果《詩經》也有涉及議論的篇章,那麼何不批評《詩經》?獨批評他人以詩議論呢?為何厚彼薄此?如果《詩經》這個反例能夠成立的話,那麼,一、「詩歌不入以議論」的主張恐有討論空間,因為《三百篇》即有論議的篇什;二、「詩入以議論」與「詩道壞亡」恐無直接的關係,因為《詩經》本有議論的詩章,卻無人指疵《三百篇》詩道壞亡。關鍵就在於「以

---

42 〔明〕于慎行:《穀山筆麈》,見《四庫全書存目叢書・子部87》(臺南:莊嚴文化事業有限公司,1995年),卷8,頁540。

43 〔明〕伍袁萃:《林居漫錄》(臺北:偉文圖書出版有限公司,1977年),頁519。

詩議論」並非「詩道壞亡」的原因。也因此杜詩實非宋詩蕪拙壞亡的緣由。總言之，評詩者試圖藉「詩主抒情」，進而主張「詩不可議論」，再指出若「詩入議論」則「詩道大壞」（或「詩亡」），這個論述值得斟酌。

另一個需要深思的要點在於：「性情」與「議論」並非對立的兩端。「詩主吟詠性情」，不必然可論述出「詩不可入以議論」。沈德潛甚至折中地指出：詩中若涉議論，則須行以情韻。那麼「議論」與「性情」之間仍可有關聯。《說詩晬語》說：

> 人謂詩主性情，不主議論。似也，而亦不盡然。試思二雅中何處無議論？杜老古詩中，〈奉先詠懷〉、〈北征〉、〈八哀〉諸作，近體中，〈蜀相〉、〈詠懷〉、〈諸葛〉諸作，純乎議論。但議論須帶情韻以行，勿近傖父面目耳。[44]

沈德潛在此融通「詩主性情」或「詩主議論」兩說，這個會通頗具意義，他指出「性情」與「議論」並非兩相對立，實可化而為一，議論可行以情韻。「性情」不必然意指「不可議論」。那些試圖藉由詩主吟詠性情，而推論出「詩不可入以議論，不可以文為之」的主張，就有討論的空間了。簡言之，詩歌可入以議論，典型的實例即是《詩經》議論的篇什。

詩歌如果可入以議論甚至敘事，所謂的「以文為詩」，那麼「詩」與「文」是否有交集，或者「詩文是否一理」？「詩」「文」如果有交疊的部分，那麼「以文為詩」始有可能。上述問題的答案應是肯定的。古人也常常認為「詩」「文」一理。

---

44 〔清〕沈德潛：《說詩晬語》，見《清詩話》，頁501。另外，沈德潛《杜詩偶評》於〈述古〉詩末評曰：「謂作詩必斥議論，豈通論耶？」（頁82）

黃生《杜工部詩說》於〈游何將軍山林〉其二云:「詩與文一理也,然惟杜能之。」[45]黃生甚至指出惟有杜甫能達詩文一理之境。吳瞻泰《杜詩提要》於〈晦日尋崔戢李封〉詩尾亦云:「明是一首太平歡宴詩矣,而後段一變為鯨波怒浪,將家國兵民,一齊驅入腕下,使人動魄驚心,莫知其筆之所底。蓋正者必變而為奇,詩文之理,一而已矣,未有專整一軍,而以為止齊步伐者也。」[46]吳瞻泰也認為詩文之理為一,此「一」即「正者必變而為奇」,亦即一正一奇、一反一正之意。方東樹《昭昧詹言》也肯定詩與古文為一,他說:「故嘗謂詩與古文一也,不解文事,必不能當詩家著錄。」[47]他們都認為詩文之理為一。雖然前人肯定詩文之理為一,但是詩文之間也存有若干的差異,然而無論如何,「詩文之理為一」說明「詩」「文」間有交集的存在。劉熙載甚至認為,若將詩文斷為兩截,毫不相涉,非真知詩文者,《游藝約言》說:

> 文之理法通於詩,詩之情志通於文。作詩必詩,作文必文,非知詩文者也。[48]

知詩文者斷不會將詩文判為兩截,這是由於明瞭詩文間的理法、情志相通的緣故。那麼,詩文就有契合交疊的部分,如此,就有以文為詩的可能。

總而言之,反對「以文為詩」者,大致主張詩歌以抒情為主;文寫胸臆,用以敘事議論。由於詩主抒情詠吟,因此詩不可論議敘事,

---

45 〔清〕黃生:《杜工部詩說》,卷12,頁624。
46 〔清〕吳瞻泰:《杜詩提要》,卷2,頁137-138。
47 〔清〕方東樹:《昭昧詹言》,卷14,頁2。古人甚至認為「詩」「文」同源,《劉熙載文集》(南京:江蘇古籍出版社,2001年)說:「詩文一源。」(頁103)
48 〔清〕劉熙載:《劉熙載文集》,頁753。

不可以文為詩。「詩」「文」不可鹵莽混同。這基本上認為「性情」與「議論」兩相對立，問題就在於古典詩歌雖主於抒情，這不必然意謂詩歌不可論議。「議論」與「性情」間實有融通的可能性，詩雖議論亦可以情韻為之。也因此「詩不可議論」這個主張仍值斟酌。

杜甫「以文為詩」成立的關鍵之一，在於「詩」「文」間是否契合交疊，它們是否有共理存在。如果「詩」「文」有交集存在，那麼杜甫「以文為詩」始有可能成立。古人大體同意「詩」「文」間有共理存在，此即前述的「詩與文一理也，然惟杜能之」。「詩文一理」的「一」即是：一反一正、一正一奇之意。它是由一組兩相對待的概念所組成，諸如一抑一揚、一起一伏、一開一闔、一頓一挫、一離一合、一縱一擒、一奇一正、一剛一柔等等。從抽象層次上說即是「一正一反」，落實於具體的創作技巧則為「抑揚起伏」、「開闔頓挫」、「離合縱擒」、「奇正剛柔」等等，杜甫〈進雕賦表〉所謂「頓挫」者。詩文之理為一，主要是因為詩文須避免趨於單調板滯，未有專是正，或皆是奇，須陰陽相濟，剛柔相配，所以就表現之道而言，「詩文一理」正在於一正一反、兩相對待的創作概念。

第四節　杜詩賦法與以文為詩

杜甫「以文為詩」說的關鍵在於賦法。杜詩學中，「以文為詩」的論述，主要是以「詩文間存有共理」（或「詩文一理」）來支持的。詩文間的共理或交集即是詩歌中的賦法。具體地說就是，杜甫透過賦法來敘事議論，這使得杜詩與古文的契合性較強，有了交疊的可能。喬億的《劍谿說詩》云：「杜子美原本經史，詩體專是賦，故多切實之語。」[49]因為杜甫專於賦，詩歌表現以賦法為主，故多切實之語。

---

49 〔清〕喬億：《劍谿說詩》，見《清詩話續編》，第2冊，卷上，頁1087。

詩歌賦法又接近於文的敘事，這就使得「詩」與「文」兩種不同文類之間有了聯繫的可能。譚浚《說詩》卷上：「『賦』義鄰於文之敘事。」[50]也因此杜甫藉由賦法來敘事議論，致使古人認為杜詩與古文較為接近、兩相契合。這種與古文較為接近、兩相契合的現象，就是「以文為詩」，或稱為杜詩「散文化」。金啟華於《杜甫詩論叢》說：「杜詩的技巧，首先，我們認為是他那以賦為主、間用比興的表現手法。有人把杜詩說成是散文化了的。我們基本上同意這種看法，不過把這種散文化的手法，說成是賦的手法，該可以更符合于詩的作法。」[51]這就是杜甫「以文為詩」說的主要內涵之一。

杜詩中用以敘事議論的賦法，並非單純的「敷陳其事而直言之」，是一種超越平直、講求曲折跌宕的賦法。這個賦法往往透過一正一反、兩相對待的創作技巧來表現，它會形成曲折的表現形態。這種一正一反、兩相對待所形成的曲折表現可以用「頓挫」這個概念來代表。杜甫藉由一正一反、兩相對待的賦法來表現心中的沉鬱之情。[52]這種「一正一反、兩相對待」的創作之道本來就是杜甫的創作原理之一，杜甫〈進雕賦表〉說：「至於沉鬱頓挫，隨時敏捷，揚雄、枚皋之徒，庶可企及也。」杜甫為了避免詩歌局勢流於平直疲荼，因此詩歌中往往出以正反對待的創作技巧，追求詩歌的變化起伏，這也是杜甫筆力勁健的表現。這種一正一反、兩相對待的表現原理，落實為具體的創作技巧，譬如提掣、起伏、離合、斷續、奇正、主賓、開

---

50 〔明〕譚浚：《說詩》，見《明詩話全編》，第4冊，頁4010。

51 金啟華：《杜甫詩論叢》（上海：上海古籍出版社，1985年），頁51。另外，陳文華老師也曾在筆者學位考試上說：杜詩的特色是透過賦法來敘事議論，這與古文的契合性強，杜詩因而具有起伏跌蕩的審美趣味。

52 〔清〕吳瞻泰《杜詩提要‧評杜詩略例》說：「曰高、曰古、曰深、曰遠、曰長、曰雄渾、曰飄逸、曰悲壯、曰凄婉，嚴滄浪之詩品也。然皆在影響疑似之間，不若少陵自道曰『沈鬱頓挫』，其『沈鬱』者，意也；『頓挫』者，法也。」（頁18-19）「頓挫」是可用以表現心中「沈鬱」之意的創作技巧。

闔、詳略、虛實、正反、整亂、波瀾、頓挫等等,與史傳散文之法或文法相合相近,吳瞻泰的《杜詩提要・自序》說:「子美之詩,駕乎三唐者,其旨本諸離騷,而其法同諸《左》、《史》。不得其法之所在,則子美之詩,多有不能釋者,其旨亦因之而愈晦。……。而至其整齊於規矩之中,神明於格律之外,則有合左氏之法者,有合馬、班之法者。其詩之提挈、起伏、離合、斷續、奇正、主賓、開闔、詳略、虛實、正反、整亂、波瀾頓挫,皆與史法同,而蛛絲馬跡,隱隱隆隆,非深思以求之,了不可得。」[53]杜甫學習《左》、《史》頓挫正反的文法;當杜甫透過賦法來敘事議論時,追求詩歌的起伏變化,藉由一正一反、兩相對待的創作原則來呈現心中沉鬱或是昂揚之情,這使得杜詩往往與史傳散文或文法的契合性強,因而被認為具有文法的表現形式,此即「以文為詩」。黃生《杜工部詩說》云:「大開大合,惟古文有之。公蓋以文法入詩律者,若徒謂其鋪陳時事,波瀾壯闊,而曰杜公『以文為詩』,此村塾學究皆能言之。」[54]另外,《杜工部詩說》對〈北征〉總評:「杜則開闔排蕩,起伏變化,實具古文手腕,蓋長詩作法,不從古文出,則疲荼拖沓,不可耐矣。」[55]不僅僅只有律詩,杜甫長篇的作法與古文的創作之道往往也兩相契合。又如,吳瞻泰於〈行次昭陵〉詩尾說:「蓋詩惡直敘,而排律尤尚波瀾,此處用力一提,便是兩副敘法,既免太直之弊,而又陡起文瀾,此以作文之法,用之於詩者也。」[56]杜甫在詩歌中藉由二次或二次以上的頓挫起伏形成波瀾,為免直弊,「用力一提」、「陡起文瀾」,乃筆力雄健的表現,所謂「凌雲健筆意縱橫」者,文字相當老成。當杜甫透過賦法

---

53 〔清〕吳瞻泰:《杜詩提要・自序》,頁5-6。
54 〔清〕黃生:《杜工部詩說》,卷4,頁245。
55 〔清〕黃生:《杜工部詩說》,卷11,頁606。
56 〔清〕吳瞻泰:《杜詩提要》,卷13,頁700。

追求詩歌的起伏變化，所形成的曲折形態，與文法接近，即「以作文之法，用之於詩者」；而「作文之法」乃學自《左》《史》文法。

　　杜甫藉由賦法來敘事議論，以賦法來敘事議論是杜甫與王維、孟浩然等等詩人的區別之一，這使得杜甫具有「以文為詩」的評斷。由於杜詩以賦為主，賦法又接近文的敘事，使得「詩」「文」有了聯繫，此即「詩文一理」（或「詩文一源」）的關鍵所在，也因此前人認為杜詩與古文較接近，這種詩歌與古文接近或契合的現象，即是「以文為詩」。具體而言，杜甫承習《左》《史》正反頓挫筆法，透過賦法來敘事議論，力拒平直疲苶的局勢，追求詩歌的起伏變化，藉由一正一反、兩相對待的創作原理來進行表現，使得詩歌具有起伏跌宕的表現形態與文法的創作傾向，而與史傳散文或文法兩相接近、契合性強，呈現筆力勁健的風貌，因而古人認為杜詩具有文法的表現色彩，此即「以文為詩」。

小結

　　一般認為宋人「以文為詩」的創作方式淵源於唐代的白居易、韓愈與杜甫等人。然而杜甫在詩歌中用賦法來議論敘事，此與古文的創作方式接近，稱為「以文為詩」，它開啟了宋詩的創作之路，使杜甫成為宋人「以文為詩」的淵源之一。

　　明人屠隆與郝敬以「詩道性情」的角度出發，對「以文為詩」持有異議。他們認為：由於詩歌以詠吟抒情為主，因此詩歌不可入以議論敘事，「詩」與「文」不可混同，試圖否定「以文為詩」的創作現象。然而「議論」與「性情」是否截然二分，仍值得商榷，詩歌主於吟詠抒情，不必然意謂詩歌不可入以議論敘事。「詩」「文」的共理與交集主要是在賦法上。

杜詩具有「以文為詩」的現象，首先是因為杜甫透過賦法來敘事議論，藉由賦法來敘事議論與史傳散文的契合性強；其次是由於杜詩與古文文法、章法結構等等的創作之道相合相契，因此杜甫被認為是「以作文之法，用之於詩者」。落實於創作而言，杜甫學習《左》《史》頓挫正反筆法，藉由賦法來敘述議論當時之事，透過詩歌的起伏開闔、縱橫變化來表達心中的沉鬱或昂揚等等情志，力避局勢平衍直陳。當杜甫藉由一正一反、兩相對待的原理來創作時，這使得杜詩具有起伏跌宕的審美趣味與文法的表現色彩，因而與史傳散文或文法相合相近，契合性較強，所以前人認為杜詩具有文法的色彩。從「詩文的交集在賦法上」而言，這就是所謂的「以文為詩」，也就是「以文為詩」的一種主要內涵。

　　總之，宋人學習杜詩中的「規矩」，以頓挫起伏、正反對待的創作之道來敘事陳情，使宋代詩歌也帶有「以文為詩」的風貌。另一方面，杜甫以起伏頓挫掀動壯闊波瀾來創作詩歌，乃蒼空舉鵬、筆力遒勁的表現，此是「雄深雅健」詩風的重要條件之一，杜甫所謂「凌雲健筆意縱橫」、「波瀾獨老成」者。

　　杜甫「雄深雅健」的詩風，除了以頓挫開闔、疊起波瀾加以表現外，另一重要途徑即是「裝造句法」。

第四章
裝造句法[1]

　　自宋以後，前賢對杜詩句法著墨甚多，其中以清人黃生最具代表性。本章首先將探究黃生以前評論家對杜詩句法的討論，包含宋代以來若干詩話、筆記與杜詩注本中對杜詩句法的探析，試圖釐清黃生在杜詩句法研究上的學術脈絡。其次將說明黃生的杜詩句法理論，包含黃生提出的杜詩句法與其解釋杜詩各式句法產生的因素。第三本文將進一步舉證說明黃生的杜詩句法，也可用以詮釋杜詩，兩者實為一體。杜詩句法的歸納研究，也是理解杜詩的一種詮釋進路與策略，如此一來杜詩的句法與理論即可提昇至詮釋階層，此詮釋乃是以杜詩句法作為手段。由於此詮釋方式具有普遍性，因此也可用來理解其他詩人的作品，此即黃生研究杜詩句法在杜詩學與古典詩學中的價值與貢獻。本文也希望透過黃生的杜詩句法來說明杜詩句法詮釋進路，彌補杜詩學中詮釋方法的空白，回應杜詩學界對詮釋的要求，建構杜詩句法詮釋一路。最後，杜甫駕馭詩歌各式裝造句法，乃碧海掣鯨、筆力勁健的表現，此與「雄深雅健」關係密切。

第一節　黃生以前杜詩句法的研討

　　宋人以降，一般都認為杜詩有句法——即所謂的「老杜句法」，王若虛《滹南詩話》曾說：「史舜元作吾舅詩集序，以為有老杜句

---

[1] 本章曾以〈黃生的杜詩句法與詮釋〉之名，發表於《慈濟技術學院學報》第16期（2011年）。今在本書議題下，增刪修改，使連貫且合理地呈現論題。

法，蓋得之矣。」[2]何世璂《然鐙記聞》亦曾讚揚說：「句法杜老最妙。」[3]李綱於〈重校正杜子美集序〉亦曾云：「子美之詩，凡千四百三十餘篇，其忠義氣節、羈旅艱難、悲憤無聊，一見於詩，句法理致，老而益精。」[4]杜詩不僅有句法，其法無所不備，變化多端。[5]古人甚至認為：杜詩句法森嚴是杜甫成為詩人冠冕的原因之一，陳俊卿曾說：「杜子美，詩人冠冕，後世莫及。以其句法森嚴，而流落困躓之中，未嘗一日忘朝廷也。」[6]因此古人認為杜詩確實有句法存在，而且句法高妙，變化難測。

另一方面，杜詩也曾出現「佳句法」諸字，譬如〈寄高三十五書記〉之「美名人不及，佳句法如何」，這意味杜甫自覺詩歌確實存在「佳句之法」。不僅如此，杜甫寫詩喜歡創作佳句，透過變裝句法，出人意表，杜甫於〈江上值水如海勢聊短述〉即曾云「為人性僻耽佳句，語不驚人死不休」。準此杜詩中確實存有句法。

---

2 〔金〕王若虛：《滹南詩話》，見《歷代詩話續編》，上冊，卷1，頁507。另外，呂本中《童蒙詩訓》亦曾云：「前人文章各有一種句法。如老杜『今君起柂春江流，予亦江邊具小舟』，『同心不減骨肉親，每語見許文章伯』，如此之類，老杜句法也。」（見《宋詩話全編》，第3冊，頁2894）

3 〔清〕何世璂：《然鐙記聞》，見《清詩話》，頁101。

4 〔宋〕李綱：《梁谿集》，見《宋詩話全編》，第3冊，頁2863。吳瞻泰亦肯定杜詩有句法，《杜詩提要·自序》說：「子美作詩之法，可學者也。吾特抉別其章法、句法、字法，使為學者執要以求，以與史法相證，則有從入之門，而亦可漸窺其堂奧。」（頁8）

5 〔清〕吳瞻泰《杜詩提要》說：「唐賢最講句法，唯老杜法無不備，而多變化，自宋以下無譏焉。」（卷10，頁575）

6 華文軒編：《杜甫卷》，第2冊，頁415。另外，《風月堂詩話》卷下亦曾云：「客又曰：『僕見世之愛老杜者嘗謂人曰：『此老出語驚人，無一字無來處。』審如此言，則詞必有據，字必援古，所由來遠，有不可已者。』予曰：『……。此老句法妙處，渾然天成，如蟲蝕木，不待刻彫，自成文理，其鼓動鎔寫，殆不用世間纂篡，近古以還，無出其右，真詩人之冠冕也。』」見《中國詩話珍本叢書》，第1冊，頁273。

宋代至清初古人已對杜詩句法多所著墨，黃生以前許多杜詩句法的名稱與例證早已現於翰墨，前人對杜詩句法的分析討論極可能也是後來黃生研究杜詩句法的根柢所在。宋代以後至清初古人對杜詩句法的析究可分為兩類：省略句與變裝句。

（一）省略句：這是強調杜甫對詩句的文字進行省略。依省略對象不同，又可歸類如下：

1.省略因果關係——上下因句：就目前所見的資料而言，最早提出「上下因句」名目者乃元代的趙汸。上下因句意指句中，或句與句間，甚至上下聯間省略了因果關係。趙汸《杜律趙註》即曾對杜詩句中或句與句間省略因果關係批點說明，分述如下：

上因下：（1）意指一句中其上半句實是因為其下半句；（2）意指上下兩句其上句是因為下句，此亦可謂「上句因下句」。下因上：（1）意指一句中其下半句實是因為其上半句；（2）意指上下兩句其下句是因為上句，另可謂「下句因上句」。

上半句是因為下半句，而下半句是因為上半句，譬如〈遣懷〉其頷頸兩聯「天風隨斷柳，客淚墮清笳。水淨樓陰直，山昏塞日斜」四句。趙汸云：「三，下因上；四，上因下。」[7]詩謂柳因隨天風而斷；淚因聽清笳而墮。又如「水淨樓陰直，山昏塞日斜」兩句，趙汸云：「五，下因上；六，上因下。」[8]詩言因水淨而見樓陰之直；因日斜而見山色之昏。

上句是因為下句，譬如〈秋野〉「吾老甘貧病，榮華有是非」兩句，趙汸曰：「上句因下句。」[9]詩云因為榮華招有是非，所以吾雖老而甘於貧病。

7　〔元〕趙汸：《杜律趙註》，卷上，頁57。
8　〔元〕趙汸：《杜律趙註》，卷上，頁57。
9　〔元〕趙汸：《杜律趙註》，卷中，頁105。

下句是因為上句，譬如〈重過何氏〉之二「犬迎曾宿客，鴉護落巢兒」兩句，趙汸云：「鴉護兒，因犬迎客也。」[10]詩謂因為犬迎客，所以鴉護兒。[11]

汪瑗的《杜律五言補註》更進一步將因果關係的概念運用在上下聯之間：

上聯是因為下聯，譬如〈春宿左省〉「不寢聽金鑰，因風想玉珂。明朝有封事，數問夜如何」兩聯，汪瑗說：「上聯因下聯。趙云：不寢而聽金門之開鑰，因風而想朝馬之鳴珂，以有封事欲奏也，其急於正君，坐以待旦之意可見矣。」[12]因為「明朝有封事」，而「不寢聽金鑰，因風想玉珂」。

2.省略問句答句──問答句：問答句最初是指杜詩句中具有一問一答的形式，譬如杜詩〈大麥行〉云：「大麥乾枯小麥黃，婦女行泣夫走藏。東至集壁西梁洋，問誰腰鎌胡與羌。豈無蜀兵三千人？部領辛苦江山長。」詩中含有問答。杜詩不僅有一問一答形式，有時進一步省略問句，或省略答句。就省略答句言，明代王維楨《杜律頗解》曾記載杜甫在問答句中省絕答句，譬如杜甫〈所思〉「苦憶荊州醉司馬，謫官尊酒定常開。九江日落醒何處？一柱觀頭眠幾迴？」王維楨說：「第二聯設為問答，以見其為醉司馬也。」[13]杜甫藉由第二聯問答的形式來表現司馬的醉態，並把「答」給省略了。就省略問句言，金

---

10 〔元〕趙汸：《杜律趙註》，卷上，頁37。
11 又如〈劉法曹鄭瑕丘石門宴集〉「秋水清無底，蕭然淨客心」兩句，汪瑗《杜律五言補註》（臺北：臺灣大通書局，1974年）云：「言石門秋景可愛。客字自謂。下句因上句。」（卷1，頁37）因為見秋水清而無底，使我之心淨而蕭然忘羈。
12 〔明〕汪瑗：《杜律五言補註》，卷1，頁94-95。
13 〔明〕王維楨：《杜律頗解》（臺北：臺灣大通書局，1974年），卷4，頁151。另外，吳見思《杜詩論文》亦曾云：「九江日落，醒游何處？醒時少也。一柱觀頭，醉眠幾回？醉時多也。」（卷18，頁814）所藏省的兩答分別為「醒時少也」與「醉時多也」。

聖歎於〈江村〉「自去自來梁上燕，相親相近水中鷗」下曾說：「問：江村如是，即令人如何去來？答：我有何人去來？自去自來，止有梁上之燕耳。問：若無去來，然則與何人親近？答：我與何人親近？相親相近，獨此水中之鷗耳。」[14]金聖歎推擬杜詩原句為兩問兩答，問：江村如是，則如何使人來去？答：來去只有梁上燕。又問：與何人親近？又答：只與水中鷗親近。杜甫接著藏省問句，僅保留答句，同時藉由答句來描寫江村無人來去、無人親近的景況。讀者解讀時須由答推問。[15]

詩人何以於詩中設為問答以顯己意呢？譚浚認為這是由於詩本是詞，詞本於人情的緣故，《說詩》「問詞」曾說：「詞本於人情，情通於彼此。或設言相謂，或設問相答。」[16]詩既本於人情，而人情相通，因而設言相謂、設問相答。倘於問答詩中，逕自省略答句，是含蓄的表達方式，能臻至詩味之境；[17]省略問句，也是吞吐不露的呈現。

3.省略句尾語詞——歇後句：歇後語乃句尾歇絕省略。歇後語並非杜甫所獨創，杜甫承繼東漢來之古詩古語，《優古堂詩話》「友于」條曾說：「洪駒父《詩話》謂：『世以兄弟為友于，子姓為貽厥，歇後語也。杜子美詩云：『山鳥山花皆友于。』子美未能免俗何邪？』予以為不然。按《南史》劉湛『友于素篤』，《北史》李謐『事兄盡友于之誠』。故陶淵明詩云：『一欣侍溫顏，再喜見友于。』子美蓋有所本耳。」[18]古人也有稱歇後句為藏字句者，明人譚浚於《說詩》卷中

---

14 〔清〕金聖歎：《唱經堂杜詩解》（臺北：臺灣大通書局，1974年），卷2，頁312。
15 陳文華老師曾於詩學課中說：詩詞中大抵有問就有答，或有問無答，或有答無問。若有問而無答，讀者可由問推其答；若有答而無問，讀者可由答推其問。
16 〔明〕譚浚：《說詩》，見《全明詩話》（濟南：齊魯書社，2005年），頁1822。
17 賀貽孫《詩筏》說：「詩家有一種至情，寫未及半，忽插數語，代他人詰問，更覺情致淋漓。最妙在不作答語，一答便無味矣。」見《清詩話續編》，第1冊，頁174。
18 〔宋〕吳幵：《優古堂詩話》，見《歷代詩話續編》，上冊，頁231。東漢以來，古書

「藏字句」下即曾說:「杜云:『岐王宅裏尋常見,崔九堂前幾度聞。』藏『君』字。」[19]杜甫於詩尾省略「君」字。

4.省略重複字詞——互體:將詩句中重複字詞予以省略,使交互見義,即為互體,或稱互文。[20]互體亦可稱為參錯成文,汪瑗於杜詩〈陪鄭廣文遊何將軍山林十首〉十首之一「不識南塘路,今知第五橋」下亦云:「山林所在。二句參錯成文,本謂:昔日不識南塘路第五橋,而今始知之也。」[21]原句為:(昔日)不識南塘路,(昔日)不識第五橋,今知南塘路,今知第五橋。然後四句互省重複者,而成「不識南塘路,今知第五橋」。

5.省略說明關係——足:省略前後句意之解釋或補充說明關係謂足,或足上句。趙汸於〈宿贊公房〉「杖錫何來此?秋風已颯然。雨荒深院菊,霜倒半池蓮」下云:「此即其所居而模寫之,以足上

多有歇後語之例已是定論,譬如,嚴有翼《藝苑雌黃》「用典歇後」條曾清楚說明:「昔人文章中,多以兄弟為友于,以日月為居諸,以黎民為周餘;以子姓為詒厥,以新婚為燕爾,類皆不成文理,雖杜子美、韓退之亦有此病,豈非狗俗之過耶!子美云:『山鳥山花吾友于。』又云:『友于皆挺拔。』退之云:『豈謂詒厥無基址?』又云:『為爾惜居諸。』《後漢·史弼傳》云:『陛下隆于友于,不忍恩絕。』曹植〈求通親親表〉云:『今之否隔,友于同憂。』《晉史贊論》中,此類尤多。〔吳氏《漫錄》謂:〕洪駒父云:『此歇後語也。』」(見《宋詩話輯佚》,附輯,頁550-551)另外,郭紹虞《宋詩話輯佚》亦曾云:「案:吳玨吳曾並據《南史》劉湛友于素篤,《北史》李諡事兄盡友于之誠,及陶淵明詩『一欣侍溫顏,再喜見友于』,謂子美亦有所本。朱翌《猗覺寮雜記》上,復據《晉·五行志》何曾曰『國家無貽厥之謀』,謂退之用字亦有所本。是歇後之語不始杜、韓。故王楙云:『自東漢以來多有此語。』」(卷下,頁424-425)

19 〔明〕譚浚:《說詩》,見《全明詩話》,頁1831。
20 〔清〕閻若璩《潛邱劄記》云:「賈公彥曰:凡言互文者是二物各舉一邊而省文,故云互文。」見《清代學術筆記叢刊》(北京:學苑出版社,2005年),卷1,頁30。此外,黃永武《字句鍛鍊法》也說:「為求節省文字,變化字面,有用參互見義的方法,相備相釋,這種修辭法,叫做『互文』。」(頁185)
21 〔明〕汪瑗:《杜律五言補註》,卷1,頁57-58。

意。」[22]杜甫藉由描寫菊為雨所荒,蓮為霜所倒,描摹贊公所居,補充說明秋意。

(二)變裝句:這是強調杜甫對詩句的文字進行變化裝造。依變化裝造之不同,又可區分如下:

1.倒言句:這是強調杜甫對詩句的文字進行顛倒裝造。倒言句又稱顛倒句、倒裝句、錯綜句、反言句或倒插句。[23]宋人詩話多以〈秋興〉詩為例討論杜詩之倒言句。[24]胡震亨以為倒言之法乃合者析之、順者倒之,《唐音癸籤》說:「疊字為句,不過合者析之、順者倒之,便成法。如『委波金不定』,合者析之也;本言草碧,却云『碧知湖外草』;本言獺趁魚而喧,却云『溪喧獺趁魚』,所謂順者倒之也。舉此可類其餘。」[25]杜甫〈月圓〉詩中將金波拆開倒言;[26]〈晴二首〉詩中將草碧分拆倒之;〈重過何氏五首〉詩將獺趁魚溪喧,倒言成溪喧獺趁魚,倒言實乃分析倒言之法。前人不僅將倒言句視為詩句的條件之一,更進一步將倒言句當作詩句的批評標準——倒言句屬於好

---

22 〔元〕趙汸:《杜律趙註》,卷中,頁121。
23 倒言句又稱反言句,譬如《鶴林玉露》「詩文反句」條云:「杜詩有反言之者,如云『久**拚**野鶴如雙鬢』,若正言之,當云『雙鬢如野鶴』也。又云『黃鵠高於五尺童,化為白鳧似老翁』,若正言之,當云『五尺童時似黃鵠,化為老翁似白鳧』也。他如『紅豆啄殘鸚鵡粒,碧梧棲老鳳凰枝』亦然。」(卷6,乙編,頁232)倒言又稱倒插句,譬如王昌會《詩話類編》「錯綜句格」云:「即倒插也。……。『紅豆啄餘鸚鵡粒,碧梧棲老鳳凰枝』杜,若正言之,本謂『鸚鵡啄餘紅稻粒,鳳凰棲老碧梧枝』耳。」(見《明詩話全編》,第8冊,卷1,頁7941-7942)又如費經虞《雅倫》「倒插」云:「費經虞曰:『先輩謂倒裝句法:『鸚鵡啄餘』,今作『鸚鵡粒』,更健。』」見《續修四庫全書》,第1697冊,卷15,頁251。杜甫採用倒裝句法,筆力更加勁健。
24 另亦可參本書第二章第三節「以杜為師」「一有規矩故可學其詩」中的「顛倒句」。
25 〔明〕胡震亨:《唐音癸籤》,見《文淵閣四庫全書》,第1482冊,卷4,頁539。
26 〔清〕仇兆鰲《杜詩詳注》云:「將金波、綺席拆開顛倒,趙汸謂詩家用古語之法。」(卷17,頁1466)

句,直敘句並非好句。《漫叟詩話》「句法」條云:「前人評杜詩云『紅豆啄殘鸚鵡粒,碧梧棲老鳳凰枝』,若云『鸚鵡啄殘紅豆粒,鳳凰棲老碧梧枝』,便不是好句。」[27]

　　何以倒言句乃詩句之必備條件?何以倒言句可屬好句?首先這是由於語反而意奇的緣故,李頎《古今詩話》「杜韓顛倒句法」條即曾說:「杜子美詩云:『紅稻啄餘鸚鵡粒,碧梧棲老鳳凰枝。』此語反而意奇。」[28]其次這是因為倒言句使詩句更加爽健有力,孫奕說:「杜詩只一字出奇,便有過人處。……以至倒用一字,尤見工夫。如『蜀酒禁愁得,無錢何處賒』〈草堂即事〉,『客睡何曾著,秋天不肯明』〈客愁〉,『只作披衣慣,長從漉酒生』〈漫成〉,『紅稻啄餘鸚鵡粒,碧梧棲老鳳凰枝』〈秋興〉,凡倒著字句,自爽健也。」[29]「爽」有「猛」、「烈」之意;「爽健」即俗稱「筆力勁健」、「筆力剛健」者。「倒裝」是詩人筆力遒健的呈現。第三這是由於反言使詩句更有詩味,鄧雲霄《冷邸小言》曾云:「詩貴倒插,反言乃有力有味也。」[30]倒言使句意曲折,不僅勁健有力,讀者推敲研索文意,能夠感到詩味悠遠。

　　倒言句可分二:首先是句中字詞的顛倒,譬如〈陪鄭廣文遊何將軍山林〉其九「醒酒微風入,聽詩靜夜分」兩句,趙汸於「醒酒微風

---

27 郭紹虞:《宋詩話輯佚》,卷上,頁350。
28 郭紹虞:《宋詩話輯佚》,卷上,頁152。
29 華文軒編:《杜甫卷》,第3冊,頁758-759。古人認為杜詩倒句使覺老健、勁健者,譬如吳曾於《能改齋漫錄》(臺北:木鐸出版社,1982年)云:「欲相錯成文,則語健耳。如老杜『紅豆啄餘鸚鵡粒,碧梧棲老鳳皇枝』之類。」(卷3,頁47)程大昌《演繁露》卷八亦云:「【羅池碑】退之〈羅池廟碑〉云:『春與猿吟兮,秋鶴與飛。』若以常體論之,當曰春與鶴飛,故超上一字以取勁健,蓋騷體也。〈東皇太乙〉曰:『吉日兮良辰。』又曰:『璆鏘鳴兮琳琅。』老杜曰:『紅豆啄殘鸚鵡顆,碧梧棲老鳳凰枝。』皆其比也。」(見《杜甫卷》,第2冊,頁607)
30 〔明〕鄧雲霄:《冷邸小言》,見《四庫全書存目叢書》,集部417冊,頁398。

入」下批云:「此句倒裝法。」[31]意謂因微風入而酒醒。又如〈晚出左掖〉「樓雪融城濕,宮雲去殿低」兩句,汪瑗云:「本謂:雪融而城樓濕,雲去而宮殿低。析而倒裝,便見雅健。」[32]杜甫顛倒拆裝兩句次序,使成「樓雪融城濕,宮雲去殿低」,筆勢雅健,有力不俗。

其次是上下兩句敘述次序的顛倒,譬如〈憶幼子〉「驥子春猶隔,鶯歌暖正繁」,趙汸云:「本是聽『鶯歌』而憶『驥子』,乃倒著一句,觀『猶』字、『正』字,可見。」[33]仇兆鰲也曾說:「趙汸注:本是聽鶯歌而憶幼子,起用倒敘法。」[34]原句詩序當作「鶯歌暖正繁,驥子春猶隔」。值得注意的是,黃生以前,古人即認為杜詩中多倒裝句法;並且倒裝句是筆力雄健的表現。依此,倒裝句、甚至裝造句法是形塑古典詩歌風格的重要條件。

2.折腰句:五言是指上一下四句法;七言是指上二下五句法。譬如〈放船〉「青惜峰巒過,黃知橘柚來」,趙汸說:「五、六言放船之景。……。上一字、下四字句法。」[35]趙汸雖未標舉折腰之名,然已有折腰之實。揭櫫杜詩折腰名義者為費經虞,其《雅倫》「折腰對」下曾云:「『碧知湖外草』,……,『紅見海東雲』,……,『不貪夜識金銀氣』,……,『遠害朝看麋鹿游』,……。『碧』字、『不貪』一斷,故謂之折腰。」[36]折腰句的精神乃在超越常規上二下三、上四下三等

---

31 〔元〕趙汸:《杜律趙註》,卷上,頁35。
32 〔明〕汪瑗:《杜律五言補註》,卷1,頁94。
33 〔元〕趙汸:《杜律趙註》,卷中,頁109。
34 〔清〕仇兆鰲:《杜詩詳註》,卷4,頁323。
35 〔元〕趙汸:《杜律趙註》,卷上,頁43。另外,汪瑗亦云:「上一字、下四字句法。」(《杜律五言補註》,卷2,頁222)
36 〔明〕費經虞:《雅倫》,見《續修四庫全書》,第1697冊,卷15,頁250。另外,〔清〕吳見思《杜詩論文》「句法」亦曾云:「五字句,……。有上一字下四字者,『青‧惜峰巒過,黃‧知橘柚來』……;七字句,……。有上二字下五字者,『朝罷‧香烟攜滿袖,詩成‧珠玉在揮毫』。」(頁139-140)

句法,並透過句讀的方式強調句首字詞的意象,臻至新奇之境。

　　這是目前所見宋朝以後、黃生之前已為古人討論的句法。清初以前詩話與筆記中的句法討論基本上仍是以杜詩句法為主,有時亦旁及其他作者的作品。他們對於杜詩句法的研討實乃清代杜詩句法研究的先驅,具有開拓發覆之功。句法的鑽研雖屬萌蘖階段,然其研究的創發與結果仍是後人重要的參考依據。清前對於杜詩句法的討論仍處論述剎割、篇幅短小的階段,基本上尚未深究杜詩各樣句法現象背後的因素,更未統合成一杜詩句法理論,也因此宋代以降至清初以前,若干的詩話、筆記與杜詩註本並未出現較為整全的杜詩句法理論。

第二節　黃生的杜詩句法與理論

　　黃生討論句法基本上是以近體詩為範圍,其《杜詩說》句法點睛者乃五七言律詩,《唐詩評》(原名《唐詩摘抄》)精選者乃五七言律絕;[37] 偶亦兼及古體,[38] 五古如〈游龍門奉先寺〉「天闕象緯逼,雲臥衣裳冷」兩句,黃生說:「五、六『天』字、『雲』字暑斷。『闕』而『象緯逼』,『臥』而『衣裳冷』,此倒剔句法。」[39] 又如〈奉贈韋左丞

---

37 〔清〕黃生於《唐詩評・序》(合肥:黃山書社,1995年)曾說:「詩至陳隋而淫靡極矣。李唐氏作,時則有若陳梓州子昂振興古道,沈雲卿、宋延清調合聲律,一反之,一因之,皆救弊之善物也。自是詩家遂分二體:散行者曰古體;排律者曰近體。于中又自分三種:曰律,斷八句成篇者;曰排律,引四韻而伸之者;曰絕句,截四韻而半之者。……近有友問詩于余,余曰:古詩必宗漢魏,近體必法唐人。此匠者之繩墨,射者之彀率也。子欲學詩,告之以繩墨、彀率而已矣。于是以唐人之近體先之。」(見《唐詩評三種》,頁3)黃生研索的法度為唐代近體五七言的章句字法。

38 〔清〕黃生《詩麈》說:「古體可以惟所欲言,然亦未嘗無句法也。」見《皖人詩話八種》,卷2,頁84。

39 黃生:《杜詩說》(京都:中文出版社,1976年),卷1,頁31。

丈二十二韻〉，黃生於「今欲東入海，即將西入秦」旁批曰「博換句」。[40]又如〈前出塞九首〉之三，黃生於「磨刀鳴咽水，水赤刃傷手」旁批曰「倒裝句」。[41]黃生雖以句法分析杜甫古體，然並不以古體詩為主要詮析對象，實以杜甫近體為解讀的主要範疇。今若歸納黃生的杜詩句法，[42]可分為兩類：一是省略句，一是變裝句，分述如下：

省略句是「說見不得直言見，說聞不得直言聞」（《詩麈》，卷1；見後引文）精神的呈現，省略句諸如上因、下因、兩因、串因、歇後、藏頭、交互、硬裝、縮脈、問答、足與分疏等等句法。上因、下因、兩因與串因句乃省略因果關係；歇後、藏頭、交互、硬裝、縮脈乃句首、句中或句末字詞的省略；問答或省略問句，或省略答句；足與分疏則省略解釋的關係。省略句之名義、舉隅、與前人相同（或相類）、創新歸納如下：

---

40 黃生：《杜詩說》，卷1，頁37。
41 黃生：《杜詩說》，卷1，頁59。
42 關於黃生杜詩句法的名稱、定義與例證，可參清人朱之荊摘抄之〈黃白山杜詩說句法〉，見黃生撰、徐定祥點校：《杜詩說》（合肥：黃山書社，1994年），頁503-510；何慶善〈黃生析唐詩字法句法舉要〉，見黃生等撰、何慶善點校：《唐詩評三種》，頁385-398；徐國能《歷代杜詩學詩法論研究》（臺北：臺灣師範大學博士論文，2002年），頁154-172。何慶善與徐國能的著作乃黃生句法研究的重要成果，杜詩句法的研討值得參考。本文於此將黃生杜詩句法分為「省略句」與「變裝句」兩類，探討其句法名目、定義、與前人相同（或相類），還是黃生所獨創，並句記於表內。

一、省略句				
	名稱	定義	杜詩舉隅	與前人相同或同類	創新
省略因果關係	上因	上半句是下半句原因	〈夜宴左氏莊〉「撿書燒燭短，說劍引杯長」，兩句「下三字因上二字，謂之『上因句』」（《杜詩說》，卷4，頁194）	△	
	下因	下半句是上半句原因	〈重過何氏〉「花妥鶯捎蝶，溪喧獺趁魚」，兩句「上二字因下三字，名『下因句』」（《杜詩說》，卷4，頁199）	△	
	兩因	上下兩句中分別為上因句與下因句，或下因句與上因句	〈中宵〉「飛星過水白，落月動沙虛」，兩句言「水白因飛星過，落月動因沙虛，名『兩因句』」（《唐詩評》，卷1，頁47）		△
	串因	上下兩句各有原因說明該句	〈客至〉「盤飧市遠無兼味，樽酒家貧只舊醅」，兩句言「盤飧因市遠，故無兼味，樽酒因家貧，只是舊醅，此『串因句』」（《杜詩說》，卷8，頁468）		△

省略字詞語句	歇後	句尾有所藏省[43]	〈祠南夕望〉「興來猶杖屨，目斷更雲沙」，旁批「歇後句」，兩句言「興來猶復杖屨登臨，目斷更覺雲沙飄緲」(《杜詩說》，卷5，頁295)	△	
	藏頭	句首有所藏省[44]	〈送賈閣老出汝州〉「宮殿青門隔，雲山紫邐深」，旁批「藏頭句」，並言「首藏『回看』、『前望』四字」。亦即：回看宮殿青門隔，前望雲山紫邐深(《杜詩說》，卷4，頁211-212)	△	
	交互	上下句重複字詞互有省略，讀者須填補省略字詞，使交互見義[45]	〈登岳陽樓〉「昔聞洞庭水，今上岳陽樓」，旁批「交互對起」，並云「一、二『交互』，言昔聞洞	△	

---

43 何慶善說：「隱去句末之詞語，暗示其意，讓讀者自尋謎底。」(見《唐詩評三種》，頁396)徐國能說：「『歇後句』則是在句末有所省略。」(見《歷代杜詩學詩法論研究》，頁163)

44 何慶善說：「將句前的交代詞語省去，使詩句精煉含蓄。」(見《唐詩評三種》，頁397)徐國能說：「『藏頭句』乃一句之前有所省略。」(見《歷代杜詩學詩法論研究》，頁163)

45 何慶善說：「上下句互有省略，須互相補充，交互而對，意思方可補足。」(見《唐詩評三種》，頁389)徐國能說：「所謂『交互句』，即是『互文』的句子。」(見《歷代杜詩學詩法論研究》，頁159)

省略字詞語句			庭水有岳陽樓，今上岳陽樓望洞庭水」（《唐詩評》，卷1，頁44）	
	硬裝	五七言句中，將原本字數超過五七言之詩句，省略某些字詞而硬裝成五七言[46]	〈月夜〉「香霧雲鬟濕，清輝玉臂寒」，兩句言「香霧下而雲鬟為濕，清輝照而玉臂生寒」（《杜詩說》，卷4，頁202-203）	△
	縮脈	五七言句中，將原本字數超過五七言之詩句，縮其字脈而成五七言	〈送賈閣老出汝州〉「艱難歸故里，去住損春心」，旁批「縮脈句」，兩句言「艱難之時，幸歸故里，去住之際，損我春心」（《唐詩評》，卷1，頁45）	△
	問答	詩句設為問答，或省略問，或省略答[47]		△

---

[46] 徐國能說：「『硬裝』之詩法即是在詩句中以省略字詞之法，如一句超過五個字，卻將句中某幾字省略，硬將之裝入五字句中，……。」（見《歷代杜詩學詩法論研究》，頁158）

[47] 黃生並未舉杜詩為例，而以賈島〈尋隱者不遇〉詩「松下問童子，言師採藥去。只在此山中，雲深不知處」說明，黃生說：「此詩分明兩問兩答。而復一問，卻從答處見出。答中見問，例見古詩評。初問云：『爾師何在？』言『師採藥去矣』。又問『往何處採藥？』答：『只在此山中，雲深不知處也。』」（見《唐詩評三種》，卷2，頁170）賈島於詩中省略問句——「爾師何在」，而此問句可從答句「師採藥去」推擬出來；詩再省略問句——「往何處採藥」，此問句亦可由答句「只在此山

省略解釋關係	足	藉由下句補充說明其上句意思	〈春日懷李白〉「白也詩無敵，飄然思不羣」，旁批「足法」，兩句言「唯其『思不羣』，所以『詩無敵』」（《唐詩評》，卷1，頁36）	△
	分疏	上下兩句，各自分別疏解其意[48]	〈落日〉「芳菲緣岸圃，樵爨倚灘舟」，旁批「分疏句」，兩句言「芳菲<u>為</u>緣岸之圃，樵爨<u>是</u>倚灘之舟，句中自疏其意，名『分疏句』」（《杜詩說》，卷4，頁229）	△

變裝句是詩句曲折的裝造變化，為「詩道忌直喜曲」精神的呈現，變裝句諸如博換、反裝、混裝、倒裝、倒剔、倒敘、套裝、折腰、長短與斷續句等等句法。博換、反裝、混裝、倒裝、倒剔、倒敘與套裝句乃詞序與句序的裝造變化；折腰、長短與斷續句乃句讀的裝造變化。變裝句之名義、舉隅、與前人相同（或相類）、創新歸納如下：

中，雲深不知處」逆測出來，且首句已明言「問」，故此詩為兩問兩答並藏省問句之形式。另亦可參何慶善之說，見《唐詩評三種》，頁390。

48 何慶善說：「上下句，句中前後自行疏解其意。」（見《唐詩評三種》，頁388）

二、變裝句

	名稱	定義	杜詩舉隅	與前人相同或同類	創新
詞序變化裝造	博換	將上下兩句中的字詞互易	〈中宵〉「親朋滿天地，兵甲少來書」，兩句「以『兵甲』、『親朋』字博換成句，本云<u>兵甲</u>滿天地，<u>親朋</u>少來書」（《唐詩評》，卷1，頁47）		△
	反裝	單句反裝：一句中某些字詞原應與其相關的字詞，一同放在相近的位置，卻反而裝造在不相近的位置	〈將赴成都草堂途中有作先寄嚴鄭公五首〉「竹寒沙碧浣花溪」一句，旁批「反裝字」，言「『竹』當言『碧』，『沙』當言『寒』，以『反裝』見趣」（《杜詩說》，卷8，頁477-478）		△
		雙句反裝：原應置於上句的字詞組，反而裝造在下句相同的位置，原應置於下句的字詞組，反而裝造在上句相同的位置	〈登樓〉「花近高樓傷客心，萬方多難此登臨」，旁批「反裝起」，兩句本言「『花近高樓』『此一臨』，『萬方多難』『客傷心』」（《杜詩說》，卷8，頁478-479）		

詞序變化裝造	混裝	單句混裝：一句中字詞與字詞間的混合裝造	〈題張氏隱居〉「澗道餘寒歷冰雪，石門斜日到林丘」，旁批「混裝句」，兩句言「『歷』『澗道』『冰雪』尚有『餘寒』，『到』『石門』『林丘』已見『斜日』」（《杜詩說》，卷8，頁449）		△
		雙句混裝：上下兩句間字詞與字詞的混合裝造	〈更題〉「只應踏初雪，騎馬發荊州」，旁批「混裝起」，兩句言「『只應』『騎馬』『踏初雪』並『發荊州』」（《杜詩說》，卷5，頁282-283）		
	倒裝	句中字詞的顛倒	〈房兵曹胡馬〉「竹批雙耳峻，風入四蹄輕」，旁批「倒裝句」，兩句言「『雙耳峻』似『竹批』，『四蹄輕』如『風入』」（《杜詩說》，卷4，頁192-193）	△	

詞序變化裝造	倒剔	句中字詞的顛倒而不更動韻腳[49]	〈季秋蘇五弟纓江樓夜宴崔十三評事韋少府姪〉「一時今夕會，萬里故鄉情」，旁批「倒剔句」，兩句言「何期今夕一時會，共話『故鄉』『萬里』『情』」（《杜詩說》，卷5，頁283-284）		△
句序變化裝造	倒敘	上下兩句敘述次序的顛倒[50]	〈天末懷李白〉「鴻雁幾時到？江湖秋水多」，旁敘「倒敘聯」，兩句言「此時江湖秋水已多，不知鴻鴈幾時可到」（《杜詩說》，卷4，頁222）	△	
	套裝	一句套裝一句	〈九日藍田崔氏莊〉「老去悲秋強自寬，興來今日盡君歡」，旁批「套裝起」，兩句謂「『老去悲秋』，愁懷莫遣，『因興來今日一盡君歡』，故『強自寬』耳。以下		△

---

49 何慶善說：「與倒裝句大體相同，但只顛倒詞語，不改動韻腳。」（見《唐詩評三種》，頁394）

50 何慶善說：「與倒裝大體相同，但倒裝只就某一句而言，而倒敘則上下句相顛倒。」（見《唐詩評三種》，頁394）

句序變化裝造		一句套裝二句	句裝入上句之中，是謂『套裝法』」（《杜詩說》，卷8，頁451-452）〈空城〉後四句「八駿隨天子，臺臣從武皇。遙聞出巡狩，早晚徧遐荒」，旁批「套裝結」，並謂「五六二句，在『遙聞』二字之下，『出巡狩』三字之上。唐人有兩句套裝法，此又以一句套兩句」（《杜詩說》，卷4，頁243-244）		
句讀變化裝造	折腰	上一下四	〈陪鄭廣文遊何將軍山林十首〉其五「綠・垂風折笋，紅・綻雨肥梅」，旁批「折腰句」，並言「上一下四，本『折腰句』」（《杜詩說》，卷4，頁196-197）	△	
		上二下五	〈小寒食舟中作〉「春水船如天上坐，老年花似霧中看」兩句，旁批「折腰句」（《杜詩說》，卷8，頁505）		

句讀變化裝造	長短	上下兩句一長一短[51]	〈送路六侍御入朝〉「童稚情親四十年，中間消息兩茫然」，旁批「長短句起」，並云「一、二，十四字，上四下十乃『長短句法』」(《杜詩說》，卷9，頁531)	△
	斷續	上句其上二字略斷，續以下句七字，上句其他五字另讀	〈七月一日題終明府水樓二首〉其二「可憐賓客盡傾蓋，何處老翁來賦詩」，旁批「斷續對」，並言「『可憐』二字畧斷，以下七字續之；『賓客盡傾蓋』五字另讀。是為『斷續句法』」(《杜詩說》，卷8，頁503)	△

杜詩何以會產生各式各樣的句法呢？或者何以唐代近體詩講究鍊句呢？

一、律詩受限於聲律的緣故，《詩麈》說：

> 律詩之體，兼古文、時文而有之。蓋五言八句，猶之乎四股八比也。……。至其拘于聲律，不得不生倒敘、省文、縮脈、映帶諸法，並與古文同一關捩。[52]

---

51 何慶善說：「上下二句，如按意思劃分，一短一長不相等。」(見《唐詩評三種》，頁387)

52 〔清〕黃生：《詩麈》，見《皖人詩話八種》，卷2，頁87。

五律拘束於聲律於是產生了倒敘、縮脈等句法。《詩麈》又說：

> 唐人煉句，有倒裝、橫插、明暗、呼應、藏頭、歇後諸法。凡二十種。法所從生，本為聲律所拘。十字之中，意不能直達，因委曲以就之。所以律詩句法多于古詩，實由唐賢開此法門。[53]

因為五律拘於聲律，使詩意無法直達，於是委曲將就，因而產生倒裝、橫插、藏頭、歇後等句法。

二、律詩拘於對偶的緣由，《詩麈》說：

> 詩以導其意之所欲言。古體不拘排偶，可以直抒己意。故雖有句法，鍛煉之功尚少。至如五言八句，聲律對偶軌格一定，必欲鑄意成辭，命辭遣意，非鍛煉句法何以見工？唐人句法備有多種。[54]

由於五律受限於聲律、對偶之原因，委曲就之，所以必須鍛煉句法。黃生即曾說：「煉字莫過于六朝，煉句莫過于唐人。」[55]黃生於此專言五律，七律同樣受制於聲律對偶，聲律對偶等理由解釋了何以杜詩與唐律講究鍊句這個現象。律詩受聲律對偶之拘而鍛煉句法，這使得詩歌語意曲折，耐人尋味，黃生說：「唐人多以句法就聲律，不以聲律就句法。故語意多曲，耐人咀嚼。後人不知此法，順筆寫去，故語意

---

53 〔清〕黃生：《詩麈》，卷1，頁57。
54 〔清〕黃生：《詩麈》，卷1，頁56。另外，《詩麈》又說：「近體以琢對，故有句法。」（見《皖人詩話八種》，卷2，頁84）
55 〔清〕黃生：《詩麈》，卷2，頁80。

淺顯，使人一讀即了，味同嚼蠟矣。」[56]倘若詩人順筆寫去，則詩意淺顯，毫無滋味可言。

　　三、詩歌最忌淺薄，須避免流於直率，以婉轉含蓄、溫柔敦厚為近體詩的關鍵，《詩麈》說：

> 句法最忌直率，直則淺，率則薄。此「婉潤」二字為近體之要訣。[57]

婉潤意指含蓄蘊藉、委婉曲折，所謂「說見不得直言見，說聞不得直言聞」，[58]也因此詩道喜曲惡直。詩曲則有味，《杜詩說》云：

> 詩道喜曲而惡直，直則句率，曲則味永耳。[59]

詩歌婉潤含蓄的具體樞紐即是鍛鍊句法。

　　由於唐詩拘於聲律對偶，忌於直率淺薄，要求婉潤曲折，因此唐人詩歌講究句法。詩人鍛鍊句法遂使詩意曲折、詩味雋永。作品曲折委婉，可臻至味永之境，讀者能尋繹其詩味。杜甫近體詩本即屬於古典近體詩歌的範圍，唐代近體詩又講求句法裝造，也因此杜甫講究鍛

56　〔清〕黃生：《詩麈》，卷2，頁86-87。鍛鍊句法遂使詩意曲折，譬如反裝句即可使詩句曲折味永，黃生於〈登樓〉詩「花近高樓傷客心，萬方多難此登臨」旁云「反裝」，並說：「首二句，在後人必云『花近高樓』『此一臨』，『萬方多難』『客傷心』。蓋不知唐賢運意曲折、造句參差之妙耳。」（《杜詩說》，卷8，頁478-479）句法參差使得詩意曲折。又如，黃生於〈和裴迪登新津寺憶王侍郎〉「何恨倚山木，吟詩秋葉黃」旁云「混裝」，並謂「此起兩句混裝，曲亦至矣」（《杜詩說》，卷6，頁335-336）。詩人講究煉句會使詩意曲折悠遠。
57　〔清〕黃生：《詩麈》，卷1，頁56。
58　〔清〕黃生：《詩麈》，卷1，頁56。
59　〔清〕黃生：《杜詩說》，卷8，頁453。

字鍊句。《杜詩說》說:「杜公所以過人者,無他,善造句而已矣。」[60]又曾云「公工於鍊句」。[61]黃生承繼宋代以來的看法,認為杜甫善於裝造句式、工於鍊法,這是杜詩超越其他詩人的關鍵。

杜甫工於鍊句,也由於詩人性耽佳句、詩尚驚奇的緣故,明·李蓘《黃谷瑣譚》說:

> 杜詩「平生性僻耽佳句,語不驚人死不休」,是詩尚奇也。[62]

由於杜甫寫詩務求給讀者帶來驚奇感,所謂「為人性僻耽佳句,語不驚人死不休」者,於是杜甫裝造各式佳句,試圖出人意表,因此杜甫工於鍊句。杜甫善於鍊句、工於詩律的成就,臻至詩界的國家法律之境,黃生曾說:

> 杜之詩律,固即國家之法律也。[63]

將杜甫詩律推升至國家律法,黃生顯然非常推揚杜詩句法。

總而言之,從理論角度言,黃生觀察到唐代近體詩講究句法、窮工極巧的現象,並提出聲律對偶與婉潤曲折等理由進行解釋,構作唐代近體詩句法理論,支持此理論的具體代表作即《唐詩評》;由於杜甫近體亦屬唐代近體詩的範疇,因此前述聲律對偶諸理由同時也解釋了杜甫近體句法現象,因而形成杜詩近體句法理論,支持此論述的代表作即《杜詩說》。

---

60 〔清〕黃生:《杜詩說》,卷9,頁524。
61 〔清〕黃生:《杜詩說》,卷5,頁271。
62 〔明〕李蓘:《黃谷瑣譚》,見《明詩話全編》,第5冊,卷2,頁4719。
63 〔清〕黃生:《杜詩說》,卷4,頁237。

從唐代近體詩講究聲律、對偶、忌直喜曲等的角度，論述杜詩的裝造句法現象，是否反而會使杜詩裝造句法失去特殊性？答案是不會。這不僅呈現杜甫在各方面努力完成其「語不驚人死不休」的意志，也凸顯杜甫「尚奇」的個人特質。

由於杜甫「語不驚人死不休」，詩作以平衍直敘為忌，力求曲折委婉。在賦法上，以起伏頓挫敘事議論；在句法上，講究裝造各式句法。委婉使詩意含蓄不露，曲折使筆力勁健。前者屬「深」；後者屬「健」。總之，杜甫善於鍛造詩句，筆如天宮大椽，揮灑有餘；又遨遊汗漫，移山而倒海，展現雄渾神力。

第三節　黃生的杜詩句法與杜詩詮釋

杜詩句法詮釋意指透過詩歌句法來理解杜詩，或者藉由詩歌句法來閱讀杜詩，這種理解方式提供讀者詩歌原句以外的新訊息，使讀者得以窺求杜詩的原句原意並明白詩意。黃生利用句法解讀杜詩是以近體為主要範圍，偶亦旁及古體。黃生並未提出句法詮釋之名，然其在《杜詩說》與《唐詩評》中處處以句法來解讀杜詩，時時將解讀杜詩的金針示人，道出杜詩三昧，使讀者能究詰杜詩創作的堂奧。

杜詩句法與杜詩詮釋的關係為何呢？黃生杜詩句法詮釋之道本原於杜詩句法之研究。杜詩句法與杜詩句法詮釋是一體兩面，就創作言，乃造句之法；就詮釋言，乃閱讀之方。黃生認為杜詩句法乃杜詩詮釋的要件。何以解讀杜詩有賴於杜詩句法呢？首先，這是為了理解杜詩並避免誤讀詩意，〈衡州送李大夫七丈勉赴廣州〉「日月籠中鳥，乾坤水上萍」兩句，黃生說：「羈棲日月，似籠中之鳥；飄泊乾坤，似水上之萍。句法兼藏頭、硬裝、比賦三種。陋儒誤會，總由不知句

法耳。」[64]黃生雖未明言陋儒誤讀詩意之例,然卻指出不知句法恐誤會詩旨,偏離詩意,循此,讀者為避免誤讀杜詩,須知曉杜詩句法。

其次,這是為了體悟詩歌言外之意、味外之旨,杜甫〈中宵〉詩云:「擇木知幽鳥,潛波想巨魚。親朋滿天地,兵甲少來書。」黃生詮解說:

> 五六,……,此係夜景,故以「知」字、「想」字鉤畫之,言外則以物之得所反形人之不得所,而人之不得所者,由親朋不相存濟也,故接七八云云。以「兵甲」、「親朋」四字博換成句。因兵甲滿天地,故親朋少來書,此句中之法也。自傷艱難之際,交游總不得力,此言外之意也。後人句中之法,尚不能識,況識其言外之意耶![65]

杜甫從夜景幽鳥知擇木與巨魚想潛波反襯自身不得所,自身不得所乃親朋未周濟之故,無法救濟肇因於戈甲滿天地、交游不得力,此言外之意即是透過句法而獲得理解。由此黃生歸結出「後人句中之法,尚不能識,況識其言外之意」的結論,並將杜詩句法當作識詁杜詩言外之意的必經途徑。

讀者倘若依循詩人裝造句法是否可以理解詩歌呢?這是無庸置疑的。劉葆真序《唐詩評》時曾揄揚黃生透過章句字法能體味詩人立言之旨,他說:

> 其間每章疏櫛,又不拾人牙慧,不傍人墻壁,于時解概從乎略,而惟以意逆志,體味乎當日立言之旨,其中詩眼及章句字

---

64 〔清〕黃生:《杜詩說》,卷5,頁300-301。
65 〔清〕黃生:《杜詩說》,卷5,頁268-269。

法，皆出吾心所獨得，而發揮其意趣。蓋皮膚略而膝理通，並作者之精神亦躍然呈露。……。黃君可謂深于詩者矣。[66]

劉葆真認為黃生透過章句字法可以理解詩歌的意味旨趣。何慶善也認為黃生藉由詩歌的裝造句法能更準確地理解詩意，《唐詩評‧前言》說：

唐詩句法、字法千變萬化，奧妙無窮，黃生對此有深入研究。他從大量作品中，探尋唐詩用字造句的規律，總結出諸如一字多用……等用字造句格式六十多種，用以「對號」旁批于有關字句。旁批一般雖只有三五個字，但却是「點睛」之筆，一經提示，會使讀者更準確地理解其意。[67]

句法不僅能解讀唐人詩歌，同時也可用以詮釋杜詩，具體實證即《唐詩評》與《杜詩說》兩書，黃生運用其所歸納出的造句規律去理解唐詩與杜詩，使讀者能領悟詩意。

何以讀者依循造句之法可以詮釋杜詩呢？這是因為讀者若依循杜詩造句原則——還原詩句、填補字句，即可窺求杜甫原句原意。還原詩句意指讀者須析索為作者改變過的詩句，還原其詞序、句序與句讀的變化，探求詩歌原句以理解詩意；填補詩句意指讀者須研尋作者省略的因果、解釋等關係與字詞，考索詩歌原句以解讀詩意。還原詩句與填補字句即黃生句法背後重要原則，同時也是詮釋詩句的兩大原則。進一步言，「還原詩句、填補字句」與「變裝、省略」是密不可分的，前者是讀者理解詩句的原理，後者是作者創作詩句的原則，並

---

66 〔清〕黃生：《唐詩評》，見《唐詩評三種》，頁6。
67 〔清〕黃生：《唐詩評》，見《唐詩評三種》，前言，頁11。

且「還原詩句、填補字句」此解讀原理實根柢於「變裝、省略」的創作原則。還原詩句與填補字句這兩者有時是先後進行，有時可同時進行。無論如何，還原詩句、填補字句兩原則確實可以探求杜詩原句原意，舉例如下：

1、「雲薄翠微寺，天清皇子陂」(〈重過何氏〉)，黃生批云「倒裝句」。詩言：翠微寺雲薄，皇子陂天清。[68]——還原句中詞序變化。

2、「喪亂聞吾弟，飢寒傍濟州」(〈憶弟二首〉)，黃生云「十字本長短句，上二下八」。[69]詩言：喪亂，聞吾弟飢寒傍濟州。——還原句中句讀變化。

3、「清新庾開府，俊逸鮑參軍」(〈春日懷李白〉)，黃生批云「硬裝句」。詩言：清新似庾開府，俊逸似鮑參軍。[70]——句中填補「似」字。

4、「親朋無一字，老病有孤舟」(〈登岳陽樓〉)，黃生批云「歇後句」。詩言：親朋無一字相遺，老病有孤舟相伴。[71]——句中填補「相遺」、「相伴」諸字。

5、「渭北春天樹，江東日暮雲」(〈春日懷李白〉)，黃生批云「藏頭句」。詩言：對渭北春天樹，望江東日暮雲。[72]——句中填補「對」、「望」諸字。

歸納地說，還原詩句、填補字句兩原則可探求杜詩原意原句並可理解

---

68 〔清〕黃生：《杜詩說》，卷4，頁199-200。
69 〔清〕黃生：《杜詩說》，卷12，頁636。
70 〔清〕黃生：《唐詩評》，見《唐詩評三種》，卷1，頁36-37。
71 〔清〕黃生：《唐詩評》，見《唐詩評三種》，卷1，頁44。
72 〔清〕黃生：《唐詩評》，見《唐詩評三種》，卷1，頁36-37。

杜詩。因此讀者若循裝造句法實可詮釋杜詩。現在將上述杜詩句法詮釋原則與過程圖示如下：

（還原詞序、句序、句讀等變化）

還原詩句

閱讀作品的方式：句法

讀者 ——————————————— 詩作

填補字句

（填補省略之因果、解釋關係與字句等）

最後，黃生的句法詮釋具有兩個屬性：一、普遍：就杜詩言，句法詮釋不僅可以理解杜甫近體詩，亦可解讀杜甫古體詩；就唐詩言，句法詮釋不僅可以解讀杜詩，亦可用以詮釋唐詩，[73]因此句法詮釋具有普遍性。二、想像：讀者依循還原詩句與填補字句探求杜詩原句時，須根據前後詩句脈絡還原杜詩原句並填補省略字詞，此還原與填

---

[73] 句法可用以解讀唐詩，譬如杜審言〈賦得妾薄命〉「寵移新愛奪，淚落故情留」兩句，黃生批云「下因句」並言「三、四二句，上二字因下，謂之『下因句』」（《唐詩評》，卷1，頁10）。詩謂因新愛奪而寵移，因故情留而淚落。又如，杜審言〈和晉陵陸丞早春游望〉「雲霞出海曙，梅柳渡江春」兩句，黃生批云「分疏句」，謂「雲霞是出海之曙色，梅柳乃渡江之春氣，名『分疏句』」（《唐詩評》，卷1，頁9）。另外，王維〈晚春答嚴少尹與諸公見過〉「鵲乳先春草，鶯啼過落花」兩句，黃生謂「縮脉句」，並說「五、六起下意，言鵲乳甫先春草，鶯啼倏過落花，此年華之所以可惜也。分明有『甫』、『倏』二字在內，名『縮脉句』」（《唐詩評》，卷1，頁15）。總之句法可用以理解唐詩。

補乃讀者個人的想像。然此想像本無可厚非,因為詮釋文學作品往往會帶有想像的色彩。但是為避免流於天馬行空,杜詩句法詮釋應以史料、考據為根基。若凡有透過歷史考據而可理解杜詩者,應以歷史考據來詮釋作品;若歷史考據無法解讀杜詩者,或無歷史考據可供解讀杜詩者,即可以杜詩句法來詮釋杜詩。亦即:若有歷史考證為據者,當以歷史考證為主;若無歷史考證為據者,可運用想像。如此應可避免句法詮釋流於奇思怪想。

小結

　　黃生的杜詩句法研究是立基於前人對杜詩句法討論基礎上,加以運用創發的結果,並提出杜詩各式句法名稱,譬如上因、下因、兩因、博換、反裝、混裝⋯⋯等等。黃生並指出:杜詩與唐詩各式裝造句法是由於詩歌受限於聲律對偶以及忌於淺薄直率所產生的現象。我們進一步可將黃生的杜詩句法歸納為省略句與變裝句兩類,並發現「省略」、「變裝」為詩人創作詩句的基本原則;另一方面,與「省略」、「變裝」兩相對應的是「填補字句」及「還原詩句」。前兩者是創作原則,後兩者為理解原理。由於「填補字句」與「還原詩句」可探求詩人原句原意,研尋詩人立言之旨,因此這兩者可作為讀者解讀詩歌的基本原則。讀者在解讀詩歌作品時,倘能填補作者省略的因果、解釋關係與諸字詞;還原詩歌的詞序、句序與句讀變化,不僅能使讀者領略詩人的創作原理,更能體悟詩人心中之旨。因此黃生的杜詩句法可以作為詮釋杜詩的一種進路。黃生的杜詩句法不僅可以作為閱讀杜詩的方法,亦可作為理解古典詩歌路徑,因而具有普遍性。

　　在杜詩學與古典詩學裡,黃生句法理論的重要性有四:一、黃生裝造句法研究顯示,閱讀杜詩(或唐詩)須打破常人順序讀法,超越

直順讀來窠臼,始能領略詩意;二、黃生分析歸納杜詩與唐詩句法,建構出句法理論,擺脫宋來對杜詩與唐詩句法片面支離的討論,深化杜詩與唐詩句法的研討,提昇至理論的層次,開創句法研究一路;三、黃生藉由詩句具體的裝造方式來說明詩歌韻味的現象,解釋詩歌何以產生滋味以及讀者何以感受詩歌意味等問題,重要性不言可喻;四、將句法研究成果廣泛應用在分析杜詩與唐詩句法上,幫助讀者增加對杜詩與唐詩的理解,開創杜詩句法詮釋之道。在該講清楚處說明白這點上,勝過「空中之音」「無跡可求」諸言。

　　由於詩歌要求「說見不得直言見,說聞不得直言聞」、「詩道忌直喜曲」,杜甫因而對詩句進行省略與變裝,這可使杜甫詩意含蓄不露,又勁健有力。

　　因為杜甫「為人性僻耽佳句,語不驚人死不休」,在形式上,「驚人」乃為使讀者閱讀語句時感到驚異、驚奇,創作時須避免直筆順去;平衍直陳,較無驚異感,詩句無力,流於通俗,非屬佳句。杜甫在詩歌上為創造佳句,不同凡響,給讀者驚異,詩句有力道,絕不能句句一筆順去。在賦法上,藉由正反頓挫,用力一提,陡作波瀾,使詩歌呈現剛健有力的形態。在句法上,透過句子的拆開、顛倒裝造,譬如倒裝、倒剔、倒敘句等等;或藉由其他裝造句法,諸如博換、反裝、混裝、套裝句……等等,它們相較於直筆順去,讀者會有新奇感,驚奇帶給讀者心理意外與震撼,因而感覺詩句較為強勁有力,所以杜詩文字能有力而不俗,此所謂「雅健」者。

　　最後,就目前所見資料言,無論是句法名目與數量,杜甫相較於其他唐代詩人,更講究鍛鍊句法,甚至起伏頓挫等等章法結構。杜甫各式裝造句法絕不是翡翠蘭苕,而是筆力雄健、從心所欲的表現;此等與杜詩「雄深雅健」風貌關係密切。

第五章
雄深雅健

　　學術界一般都認為杜甫詩歌風格是「沈鬱頓挫」,這已是杜詩學的定論,應無疑義。然而自古以來,也有前賢認為:部分杜詩具有「雄深雅健」(或「雄深」;「雄健」;「雅健」等等)的面向,甚至有學者直接用「雄深雅健」描述杜詩風格。但是「雄深雅健」的內涵為何呢?是否有較為清晰的描述?這是個內容含渾,資料瑣細,卻具挑戰的課題,也是杜詩多元風格研討的序曲。

　　何以產生杜詩具有「雄深雅健」風格的想法,它的理由是什麼?論題的關鍵在於「雄深雅健」的內涵模糊難辨。如果「雄深雅健」沒有清楚穩定的義界,讀者恐難以知悉杜詩這個風格的面貌,無法進一步認識杜詩;由於「雄深雅健」內容含糊籠統,因此恐不易藉一句話加以界說,當採拆開分解的方式完成描述,兩害相權,當取其輕。詩人如何形塑「雄深雅健」的詩風?若純就杜詩「規矩」而言,一路是以頓挫起伏來敘事議論;一路即以裝造字句來創作詩歌,包括倒裝、倒剔、倒敘句……等等,這兩路可使杜詩的文字「雄深雅健」,缺一不可。

第一節　杜詩中的雄深雅健

　　最早提出「雄深雅健」一詞的是韓愈,韓愈用這四字來形容柳宗元(773-819)的文章風格,並言及:柳宗元「雄深雅健」的文風跟司馬遷是近似的,《新唐書·柳宗元傳》云:

> 韓愈評其文曰：雄深雅健，似司馬子長，崔、蔡不足多也。[1]

柳宗元的文章像司馬遷一樣，具有雄深雅健的風格面貌，即便是崔駰、蔡邕也無法勝過。

「雄深雅健」既是形容文章的風格，那麼「雄深雅健」或其中相關概念可曾用以描繪詩歌風格呢？答案是肯定的。杜甫即曾用「健」字形容庾信詩歌，〈戲為六絕句〉其一說：

> 庾信文章老更成，凌雲健筆意縱橫。今人嗤點流傳賦，不覺前賢畏後生。[2]

庾信創作的詩賦，隨著他年紀增長，愈老愈有成就，筆力高超雄健，似可飛升雲霄，倏忽直墜滄海；運意起伏波瀾，更能隨心所欲。可是這個時代的人，不只不懂欣賞，更語帶嘲笑，話含貶意，到處指指點點他流傳下來的詩賦作品，這不能不使人覺得：如果前代作家還在世的話，應該會對後生晚輩的評論感到害怕！杜甫在此用「健」字評述庾信的詩賦。那麼「健」字可用以論詩。

宋人後來進一步把「雄深雅健」四字用來形容杜詩的一種風格樣貌。宋‧張表臣（約1126左右）《珊瑚鉤詩話》說：

> 予讀杜詩云「江漢思歸客，乾坤一腐儒」、「功業頻看鏡，行藏獨倚樓」，歎其含蓄如此；……「五聖聯龍袞，千官列鴈行」、

---

[1] 〔宋〕歐陽修、宋祁等：《新唐書》，見《文淵閣四庫全書》，第275冊，卷168，頁356。
[2] 「庾信文章」當指其所創作的詩賦，杜甫《詠懷古蹟五首》其一即有「庾信平生最蕭瑟，暮年詩賦動江關」之句。

「聖圖天廣大，宗祀日光輝」，則又得其雄深而雅健矣。[3]

這是目前所見最早用「雄深雅健」來描述杜詩風格的文獻，這意指部分杜詩具有「雄深雅健」風貌，開啟了古人評述杜詩「雄深雅健」的序幕。清人程襄龍（晚號古雪，1701-1755）《澂潭山房古文存稿》〈諸家評閱詩語〉也曾說：

> 古雪先生自言：生平不善作七律詩，蓋謙詞也。七律以雄深雅健、動宕渾成為主，如杜少陵〈諸將〉、「明妃」等作可覩也。今之為七律者，塗脂抹澤，撏撦辭句，而按之真氣索然。[4]

杜甫〈諸將五首〉、〈詠懷古跡五首〉其三（「生長明妃尚有村」）等詩，具有雄深雅健、起伏跌宕與渾然天成的詩歌風貌。

依此，杜詩具有「雄深雅健」的風格。除了「雄深雅健」四字之外，前賢有時也會以「雄深」或「雄健」來形容杜詩風格。先就「雄深」而言，茲羅列如下：

> 胡應麟說：「李、杜二公，誠為勁敵。杜陵沈鬱雄深，太白豪

---

[3] 〔宋〕張表臣：《珊瑚鉤詩話》，見《歷代詩話》，上冊，卷1，頁453。

[4] 〔清〕程襄龍：《澂潭山房古文存稿》，見《清代詩文集彙編》（上海：上海古籍出版社，2010年），第293冊，「評語」，頁522。此外，以「雄深雅健」形容杜詩風格尚有：周錫䪖《杜甫》（香港：三聯書局，2005年）曾說：「杜甫……。作品雄深雅健，律切精嚴，深刻反映時世滄桑與生民憂樂，有『詩史』之美譽。」（見封底介紹文字）又如，盧雲國《細說宋朝》說：「陳師道原與黃庭堅同出師門，但因對黃詩十分佩服，便折節向學。後人把杜甫尊為江西詩派之祖，而將黃庭堅與他，再加上陳與義並列為三宗。他在形式上模仿杜甫不遺餘力，但仍缺乏杜詩的雄深雅健。」見黎東方：《細說中國歷史叢書》（上海：上海人民出版社，2003年），「宋詩」，頁539。

逸宕麗。」[5]

胡應麟又說:「唐七律自杜審言、沈佺期首創工密,至崔顥、李白時出古意,一變也。高、岑、王、李,風格大備,又一變也。杜陵雄深浩蕩,超忽縱橫,又一變也。」[6]

沈漢說:「亥起高古者,苦不多得。蓋初盛多用工偶起,中晚卑弱無足觀,覺杜陵為勝。『嚴警當寒夜,前軍落大星』,『不識南塘路,今知第五橋』,『今夜鄜州月,閨中只獨看』,『帶甲滿天地,胡為君遠行』,『吾宗老孫子,質樸古人風』,『韋曲花無賴,家家惱殺人』,皆雄深渾樸,意味無窮。」[7]

次就「雄健」而言,臚陳如下:

吳沆說:「友人因請問杜詩之妙。尚書云:……。又如『星臨萬戶動,月傍九霄多』,氣象可想;……;又泛舉『綠垂風折筍,紅綻雨肥梅』、『星垂平野闊,月湧大江流』等數詩,皆雄健警絕。」[8]

5　〔明〕胡應麟:《詩藪》,見《明詩話全編》,第5冊,卷3,「內編・古體下・七言」,頁5477。

6　〔明〕胡應麟:《詩藪》,見《明詩話全編》,第5冊,卷5,「內編・近體中・七言」,頁5506。胡氏又云:「近體先習杜陵,則未得其廣大雄深,先失之粗疏險拗,所謂從門非寶也。」(《明詩話全編》,第5冊,卷4,「內編・近體上・五言」,頁5485)

7　孫微輯校:《清代杜集序跋滙錄》,頁136。

8　華文軒編:《杜甫卷》,第3冊,頁873。

費經虞說：「《類編》云：世人學杜，未得其雄健，而已失之粗率；未得其深厚，而已失之壅腫。」[9]

　　劉熙載說：「杜詩雄健而兼虛渾。」[10]

　總而言之，「雄深雅健」最早用來描述柳宗元但也含及司馬遷的文章風格；後來用以評述杜甫詩歌風貌，那麼部分杜詩具有「雄深雅健」的樣貌；前賢甚至也用「雄深」或「雄健」來形容部分杜詩。準此，古人以為：有些杜詩具有「雄深」、「雄健」或「雄深雅健」的風格。

第二節　杜詩雄深雅健的論證

　證明有些杜詩具有「雄深雅健」風格的方式有二：一、直接舉杜詩為證——如前述張表臣、程嚢龍等等所言所為。二、採用論證的方法——說明有些杜詩具有「雄深雅健」的風格，這主要有三個理由：「集大成」、「司馬遷」與「規矩」。

　先就「集大成」而言，前賢基本上以為杜詩集備各種詩歌風格，元稹（779-831）〈唐檢校工部員外郎杜君墓係銘並序〉曾說：「子美，蓋所謂上薄風騷，下該沈宋，言奪蘇李，氣吞曹劉，掩顏謝之孤高，雜徐庾之流麗，盡得古今之體勢，而兼人人之所獨專矣。」（《舊唐書》，卷190下）元稹肯認杜甫集聚古今不同詩歌風貌，兼該詩人各種風格專擅。這是杜詩學中，最早指出杜詩完備各種風格的文獻，所謂「盡得古今之體勢」，秦觀（1049-1100）稱為「集大成」者。

9　〔明〕費經虞：《雅倫》，見《明詩話全編》，第9冊，卷2，頁9593。
10　〔清〕劉熙載：《詩概》，見《清詩話續編》，第3冊，頁2433。

馬世俊主張：由於杜詩能賅括唐代不同的詩歌風格，因此杜詩在風格上可謂無所不備，〈杜詩序〉說：「余嘗論詩至唐人，而體無不備，杜詩又備唐人之體，集中有王、駱之莊贍，有儲、劉之深厚，有王、孟之秀遠，有韓、孟之鑱刻，有溫、李之娟娟，有錢、劉之雅淡，觀止矣。」[11]杜甫總括唐代各種詩歌風格，唐代詩歌風格又彙集古來所有詩歌面貌，因此杜詩能兼該各種詩歌風格，臻至美善之境。

葉燮也認為：杜詩囊括詩歌風格源流大成，無所不備，無一不包，非但在風格上紹承前人，更能潤溉來者，為後世體勢源流之先聲。《原詩》說：「杜甫之詩，包源流，綜正變，自甫以前，如漢、魏之渾樸古雅，六朝之藻麗穠纖，澹遠韶秀，甫詩無一不備。……。自甫以後，在唐如韓愈、李賀之奇昇，劉禹錫、杜牧之雄傑，劉長卿之流利，溫庭筠、李商隱之輕豔；以至宋、金、元、明之詩家，稱巨擘者無慮數十百人，各自炫奇翻異，而甫無一不為之開先。」[12]杜詩兼包古今各種詩歌風格源流，因此在風格上能承上啟下，繼往開來。

杜詩兼具各種相異的詩歌風格；集備各種不同詩歌風格，此自身即意指已包含「雄深雅健」的面向，因此某些杜詩具有「雄深雅健」

---

11 〔清〕馬世俊：〈杜詩序〉，見《清代杜集序跋滙錄》，頁56。
12 〔清〕葉燮：《原詩》，見《清詩話》，頁515-516。另外，〔清〕畢忠吉〈闢疆園杜詩五言律注解序〉也說：「五言律體發端齊梁、自初盛中晚，代有作者。子美則無境不兼，凡吳均、何遜、庾信、徐陵，以至楊、盧、沈、宋、儲、孟、高、岑、摩詰、青蓮，及後來錢、劉之員暢，元、白之平易，盧仝、馬異之渾成，義山、長吉之瑰僻，郊、島幽微，藉、建顯淺，溫、劉寓纖新于唱嘆，牧、渾寄拗峭于麗密。下逮『力侔分社稷，志屈偃經綸』，歐、蘇得之為論宗；『江山如有待，花柳更無私』，程、朱得之為理窟；『魯衛彌尊重，陳徐略喪亡』，魯直得之為深沉；『白屋留孤樹，青天失萬艘』，無己得之為瘦勁；『烟花山際重，舟楫浪前輕』，聖俞得之為閒澹；『江城孤照日，山谷近含風』，去非得之為渾雅。昔賢所述，信而有徵。然則杜之有五言律，盡集六朝唐宋諸公之成，所謂建章宮之千門萬戶，蓬萊、扶桑之五城十二樓是也。」(見《清代杜集序跋滙錄》，頁43)杜詩五律能無境不兼，故其五言律能集六朝、唐宋詩歌風格之大成。

的體貌。這是杜甫具有「雄深雅健」詩風的首要論述,也可以說是順著「集大成」一路而來的。雖然元稹「集大成」說並未含涉司馬遷《史記》的「雄深雅健」,但是元稹「集大成」說,在杜詩學中並非毫無意義,它為前人評述杜甫部分詩歌具有「雄深雅健」風貌,提供內在理論的依據。當「雄深雅健」被揭露為杜詩諸多風格之一,或部分杜詩具有「雄深雅健」風格時,是否反而會使「雄深雅健」失去其特殊性?答案是否定的。這剛好證明、凸顯杜詩集具相異風格的特點。亦即:除了「沉鬱頓挫」外,「雄深雅健」論題實乃開啟杜詩具備相異風格探究的試金石。

次就「司馬遷」而言,最早指出杜甫與司馬遷相似者當是蘇軾(1037-1101),他說:

> 僕嘗問:荔枝何所似?或曰:「荔枝似龍眼。」坐客皆笑其陋,荔枝實無所似也。僕云:「荔枝似江瑤柱。」應者皆憮然,僕亦不辨。昨日見畢仲游:問杜甫似何人?仲游曰:「似司馬遷。」僕喜而不答,蓋與曩言會也。[13]

蘇軾曾問畢仲游:杜甫跟誰相似?畢仲游回答說:杜甫像司馬遷。蘇軾心喜而未應答,因為仲游的回答,跟蘇軾以前曾說過類似的話,可謂兩相契合呼應。這次對話以前,蘇軾心中早已認為:杜甫像司馬遷。[14]自此以後,古人時常將杜甫與司馬遷(或杜詩與《史記》)相提

---

[13] 華文軒編:《杜甫卷》,第1冊,頁107-108。又如,〔宋〕黃徹說:「東坡問:老杜何如人?或言似司馬遷,但能名其詩耳。」見《䂬溪詩話》,卷1,頁6。

[14] 記載蘇軾言及杜甫像司馬遷(或杜詩像太史公書)的文獻,譬如,〔宋〕吳可《藏海詩話》說:「有以杜工部問東坡似何人?坡云:『似司馬遷。』蓋詩中未有如杜者,而史中未有如馬者。又問荔枝似何物?『似江瑤柱』。亦其理也。」(見《歷代詩話續編》,上冊,頁339)又如,〔宋〕楊萬里〈江西宗派詩序〉也說:「東坡云:

並論：

　　唐庚（1071-1121？）《唐子西文錄》說：「六經已後，便有司馬遷；三百五篇之後，便有杜子美。六經不可學，亦不須學，故作文當學司馬遷，作詩當學杜子美，二書亦須常讀，所謂『何可一日無此君』也。」[15]

　　孫鑛（約1580左右）說：「《史記》可與杜詩同看，《漢書》可與李詩同看。」[16]

　　郁長裕（1733-？）〈鈔輯杜詩序〉說：「杜子美之詩，司馬子長之文，可謂千古極境，雖至愚無不知，雖大賢不敢議也。」[17]

若就詩文而言，司馬遷與杜甫間有諸多相似之處，兩人共同結論都是具有「雄深雅健」風格——韓愈評柳宗元文章時說「雄深雅健，似司馬子長」，那麼司馬遷的文字具有「雄深雅健」的樣貌；張表臣、程裏龍也用「雄深雅健」形容部分杜詩的風貌，據此，司馬遷與杜甫文字風格的共通點即在「雄深雅健」。

　　造成兩人「雄深雅健」的關鍵相似點在「精曉敘事」。這個類比論證的基本過程是：由於司馬遷「精曉敘事」，同時他的文字（包含作品《史記》）具有「雄深雅健」風格。依此可以歸結出：凡「精曉

　　江瑤柱似荔子。又云：杜詩似太史公書。」（《誠齋集》，見《文淵閣四庫全書》，第1161冊，卷80，頁77）
15　〔宋〕唐庚：《唐子西文錄》，見《歷代詩話》，上冊，頁443。
16　〔明〕孫鑛：《孫鑛詩話》，見《明詩話全編》，第5冊，頁4709。
17　孫微輯校：《清代杜集序跋滙錄》，頁315。

敘事」者其文字具有「雄深雅健」的風貌。今杜甫深於賦法,賦法本鄰於文的敘事;杜甫又善於以起伏頓挫等敘事議論,寄寓是非褒貶,亦可謂「精曉敘事」者,因此杜甫也具有「雄深雅健」的詩風。[18]這是杜甫具有「雄深雅健」詩風的次要論述,也可以說是順著「司馬遷」一路而來的。

兩人皆「精曉敘事」的內涵是什麼呢?

司馬遷與杜甫能完成文學上巨作,臻至文學峰頂,主要有三個共通之處:救人獲罪、歷覽周遊與善於敘事。

首先,就救人獲罪言,司馬遷匡救李陵而遭禍,也完成巨著《史記》。救人獲罪經此等艱險遭遇,鍛鍊陶鑄而成的巨作,可以永恆不朽;今杜甫為救房琯幾陷不測,因此可以完成〈發秦州〉以後諸作,可謂驚風雨,泣神鬼。盧世㴶說:

> 子美千古大俠,司馬遷之後一人。子長為救李陵,而下腐刑;子美為救房琯,幾陷不測,賴張相鎬申救獲免,坐是蹉跌,卒老劍外,可謂為俠所累。然太史公遭李陵之禍而成《史記》,與天地相終始;子美自〈發秦州〉以後諸作,泣鬼疑神,驚心動魄,直與《史記》並行,造物所以酬先生者,正自不薄。[19]

司馬遷與杜甫皆因救人而被問罪,經歷險難,苦心勞骨,增益不能,終成大作。

---

18 此類比論證建構如下:(一)司馬遷精曉敘事,(二)司馬遷具雄深雅健風格,(三)凡精曉敘事具雄深雅健風格,(四)杜甫精曉敘事,因此(五)杜甫具雄深雅健風格。

19 〔明〕盧世㴶:《杜詩胥鈔・大凡》,見《杜甫全集校注》(北京:人民文學出版社,2014年),第12冊,「諸家論杜」,頁6901。

其次，就歷覽周遊言，司馬遷與杜甫都曾行萬里道途，泛覽異水奇山，古蹟名勝，搜羅剔抉天地秘奇，完成巨著，鄒浩（1060-1111）說：

> 昔司馬子長、杜子美皆放浪沅湘，闚九疑，登衡山，以搜抉天地之祕，然後發憤一鳴，聲落萬古，胥家仰之，幾不減六經。[20]

兩人周覽四方名山大川，聞見各地風俗民情，不衹張大耳目，尠益識見，又增廣取材範圍，因此能完成名作。

第三，就善於敘事言，這包含下列四個面向：

一、寄寓褒貶：司馬遷與杜甫皆秉承孔子《春秋》筆法，敘事寄寓褒貶，字句伏藏是非，這也是兩人相似之處。許顗《彥周詩話》說：

> 老杜作〈麗人行〉云：「賜名大國虢與秦。」其卒曰：「慎勿近前丞相嗔。」虢國、秦國何預國忠事，而近前即嗔耶？東坡言老杜似司馬遷，蓋深知之。[21]

---

[20]〔宋〕鄒浩：《道鄉集》，見《文淵閣四庫全書》，第1121冊，卷27，頁407。此外，〔元〕尹廷高《玉井樵唱・丙午端陽抵郡》說：「杜陵流落詩轉豪，子長歷覽文始古。」見《文淵閣四庫全書》，第1202冊，卷下，頁725-726。另外，〔元〕吳師道〈十臺懷古并序〉也說：「余生好游，嘗聞司馬子長、杜拾遺覽觀四方山川之勝，以壯其文。」〔清〕顧嗣立：《元詩選初集》，見《文淵閣四庫全書》，第1469冊，卷44，頁185。最後，周端臣〈送翁賓暘之荊湖〉說：「君不見，司馬子長志橫秋，少年足跡不肯休；胸中盤屈奇偉氣，筆力直與造化侔。又不見，杜陵子美夸壯遊，一身幾走半九州；吟懷吐納天地秀，作為篇章光斗牛。」（〔宋〕陳起輯：《江湖後集》，見《文津閣四庫全書》，第1362冊，卷3，頁26-27）兩人皆周遊歷覽四方名勝，增益其筆力。

[21]〔宋〕許顗：《彥周詩話》，見《歷代詩話》，上冊，頁382。另外，〔宋〕王觀國〈馬周杜甫傳〉曾說：「或謂自遷、固而下，作史者稍倣《春秋》，以一字示褒貶，有志乎懲惡而勸善，其然乎？其不然乎？」《學林》，見《全宋筆記》（鄭州：大象出版

杜甫與司馬遷的共通點之一即在敘事寓寄是非褒貶上。盧元昌《杜詩闡·麗人行》即曾說：

> 通篇眼目，前段在「賜名大國虢與秦」一句，後段在「慎莫近前丞相嗔」一句。君臣驕淫，失倫亂禮，顯然言下。[22]

杜甫以「慎莫近前丞相嗔」一語寓意是非褒貶，兄妹失倫敗禮意在言外，這種不指明點破的敘事筆法，可使言者無罪，聞者足戒。

二、序事傾盡：太史公紀、傳何以出類拔萃，無可比擬呢？這是由於敘事傾注全力、審旨布局謀篇的緣故；今杜詩在長篇敘事上也費盡心思，掌握條理，思慮深密，因此杜甫〈述懷〉〈北征〉諸篇為千古絕唱。葉夢得《石林詩話》說：

> 長篇最難，晉魏以前，詩無過十韻者。蓋常使人以意逆志，初不以序事傾盡為工。至老杜〈述懷〉〈北征〉諸篇，窮極筆力，如太史公紀、傳，此固古今絕唱。[23]

社，2008年），第4編，第2冊，卷7，頁26。從司馬遷、班固以下，撰作史書的人，都做效孔子《春秋》筆法，藉由一字來揭示是非曲直、褒貶優劣，勸善而懲惡。這當然是事實。

22 〔清〕盧元昌：《杜詩闡》，見《杜詩叢刊》（臺北：臺灣大通書局，1974年），卷3，頁132。關於杜甫隱寓是非褒貶，〔宋〕文天祥（1236-1283）《文信國集杜詩·原序》說：「昔人評杜詩為詩史，蓋其以詠歌之辭，寓紀載之實，而抑揚褒貶之意，燦然於其中，雖謂之史可也。」見王雲五主編，《四庫全書珍本八集》（臺北：臺灣商務印書館，1978年），頁5。此外，陳文華《杜甫傳記唐宋資料考辨》也曾說：「按我國史書之特色，自孔子作『春秋』後，即寓有濃厚之褒貶意識，後之修史者，雖時移世遠，此一觀念，仍深植於其中。而宋人既已感受到杜甫的『詩』與『史』之密切關係，乃進一步探測此一關係存在之基礎，從而發現杜詩中之強烈褒貶作用，實屬順理成章之事。」（頁255）

23 〔宋〕葉夢得：《石林詩話》，見《歷代詩話》，上冊，卷上，頁411。

杜詩與太史公紀、傳，在文學上臻至最美善境界的關鍵之一，即在敘事傾盡心力，脈絡清楚，條理井然。

　　三、雄直豪氣：杜甫五七古敘事之頓挫波瀾等技法，不光承習太史公，詩中雄渾剛直之氣，也習自司馬遷而非常接近《史記》。劉熙載《詩概》說：

> 杜陵五七古敘事，節次波瀾，離合斷續，從《史記》得來，而蒼莽雄直之氣，亦逼近之。畢仲游但謂杜甫似司馬遷，而不繫一辭，正欲使人自得耳。[24]

杜甫與司馬遷兩人敘事的共通點，乃起伏波瀾、斷續離合的節奏次序，以及作品中廣大無垠的雄直豪氣。

　　這種雄健豪氣也與讀萬卷書、行萬里路有關。黃徹《䂬溪詩話》說：

> 書史蓄胸中，而氣味入於冠裾，山川歷目前，而英靈助於文字。太史公南遊北涉，信非徒然。觀杜老〈壯遊〉云：「東下姑蘇臺。已具浮海航。到今有遺恨，不得窮扶桑。……。劍池石壁仄，長洲荷芰香。嵯峨閶門北，清廟映迴塘。……。越女天下白，鑑湖五月涼。剡溪蘊秀異，欲罷不能忘。歸帆拂天姥，中歲貢舊鄉。……。放蕩齊趙間，……。西歸到咸陽。」其豪氣逸韻，可以想見。[25]

司馬遷書史蓄胸襟、山川歷眼前，氣韻雄豪。讀書旅歷不止可以變化

---

24 〔清〕劉熙載：《詩概》，見《清詩話續編》，第3冊，頁2426。
25 〔宋〕黃徹：《䂬溪詩話》，卷8，頁126。

秉性，更可涵養豪氣；今杜甫同樣也讀萬卷書，行萬里路，因此杜甫文字高逸，雄直氣豪。

　　四、敘事史法：司馬遷飽覽書籍，周遊山川，歷閱風土，增長器識；遭逢罪刑，困窮其心志；敘事又傾力，行文起伏頓挫，講究條理布局，文字寄寓褒貶，承習《春秋》筆法，具備雄直豪氣，《史記》即其代表巨著，此所謂「精曉敘事」者。韓愈又稱其文字具「雄深雅健」風格。歸結而言，凡集備上述「精曉敘事」內涵者即具「雄深雅健」風格。今杜甫不僅跟司馬遷有相似人生閱歷、創作方法與態度；更撰作賦體，又深諳賦法，所作賦法並非平直傾洩，而是起伏頓挫，委婉曲折，杜甫作詩亦可謂「精曉敘事」。因此杜詩具備「雄深雅健」風貌。

　　杜甫本是採一正一反作為創作原則，此即〈進雕賦表〉「沉鬱頓挫」中「頓挫」兩字。陸時雍《詩鏡總論》說：

> 少陵五言律，其法最多，顛倒縱橫，出人意表。[26]

有些古人以為這類反正的創作技法與「讀書破萬卷」關係密切。俞弁說：

> 老杜「讀書破萬卷，下筆如有神」。葛常之云：「欲下筆，自讀書始；不讀書，則其源不長，其流不遠。欲求波瀾汪洋浩渺之勢，不可得矣！」[27]

讀書不多，源流不長，恐無法臻至起伏波瀾、汪洋浩渺之勢；反之，

---

26 〔明〕陸時雍：《詩鏡總論》，見《歷代詩話續編》，下冊，頁1415。
27 〔明〕俞弁：《山樵暇語》，見《明詩話全編》，第3冊，卷1，頁2441。

詩歌運筆若要有起伏波瀾、汪洋壯闊之勢，必須讀萬卷書。范晞文《對牀夜語》也說：

> 蕭千巖德藻云：詩不讀書不可為，然以書為詩，不可也。老杜云：「讀書破萬卷，下筆如有神。」讀書而至破萬卷，則抑揚上下，何施不可，非謂以萬卷之書為詩也。[28]

如果讀書可以破萬卷，那麼在文字上實踐抑揚起伏的創作之道，沒有不能成功的。此時「讀書破萬卷」從必要條件昇至充分條件。

乍讀之下，杜甫的「讀書破萬卷」與其文字「起伏頓挫」，甚至「雄深雅健」似乎毫不相涉，兩不相關；深入思索，則關係密切。杜甫讀書學習的對象之一是司馬遷的史傳散文，司馬遷文字本起伏頓挫、離合反正（見前述吳瞻泰《杜詩提要‧自序》；或參劉熙載《詩概》），又具「雄深雅健」風格（韓愈之言），因此杜甫轉益多師的成果之一即「起伏頓挫」筆姿與「雄深雅健」風貌。這才能解釋為何部分杜詩具有「雄深雅健」風格，當然也補充說明了杜甫「讀書破萬卷」與「波瀾汪洋浩淼之勢」間的關係了。

具體而言，杜甫這種正反的創作之道，學習對象之一即是司馬遷史傳散文的敘事方式。方孝孺說：

> 少陵杜先生在唐開元、天寶間，懷經濟之具而弗得施，晚更兵亂，益為時所簡棄，由是斂所得於古人者，悉於詩乎寓之。其言包綜庶類，凌跨六合，辭高旨遠，兼眾長而挺出，追《風》、《雅》以為友。蓋有得乎《史記》之敘事，《離騷》之

---

28 〔宋〕范晞文：《對牀夜語》，見《歷代詩話續編》，上冊，卷2，頁415-416。

愛君，而憂民閔世之心，又若有合乎〈成相〉之所陳者。[29]

杜甫與司馬遷的共通點正在敘事史法上，亦即，杜甫承襲司馬遷史傳散文的敘事筆法。汪洪度〈杜詩提要序〉也說：

> 司馬子長之文、杜子美之詩，體不同而法同，故文之變化如子長，詩之變化如子美，千古未有儷之者也。[30]

何以《史記》與杜詩千古以來無可匹敵，關鍵在於敘事文法的變化上。史傳散文敘事筆法的內涵為何呢？即一正一反的創作原則。杜甫承繼《左》、《史》等等史傳散文的筆法，諸如起伏、頓挫、斷續、離合、縱橫、奇正、整亂等等一正一反創作之道。朱庭珍《筱園詩話》說：

> 作五古大篇，離不得規矩法度，所謂神明變化者，正從規矩法度中出，故能變化不離其宗。然用法須水到渠成，文成法立，自然合符，毫無痕迹，始入妙境。少陵大篇，最長於此。往往敘事未終，忽插論斷，論斷未盡，又接敘事。寫情正迫，忽入寫景，寫景欲轉，遙接生情。大開大闔，忽斷忽連，參差錯綜，端倪莫測。如神龍出沒雲中，隱現明滅，頃刻數變，使人迷離。此運《左》、《史》文筆為詩法也，千古獨步，勿庸他求矣。[31]

---

29 〔明〕方孝孺：《方孝孺詩話》，見《明詩話全編》，第1冊，頁387。
30 〔清〕吳瞻泰：《杜詩提要》，見《杜詩叢刊》，頁1。
31 〔清〕朱庭珍：《筱園詩話》，見《清詩話續編》，第3冊，卷1，頁2335。另外，方東樹《昭昧詹言》（臺北：漢京文化事業有限公司，1985年）也說：「杜公以《六經》、《史》、《漢》作用行之，空前後作者，古今一人而已。」（卷8，頁211）

杜甫學習《左》、《史》文法，將史傳散文技法入詩，所謂「運《左》、《史》文筆為詩法」，因此杜詩呈現正反表現之道：敘事未盡，又插評斷，斷語未終，又續敘事；情忽入景，景而接情；一開一闔，忽隱忽明，又斷又連；錯落有序，變化無端。吳莊〈杜詩讀本跋〉也說：

〈北征〉、〈詠懷〉、〈八哀〉、〈七歌〉諸什，與《史記》、唐宋八大家之文，起伏照應、斷續疏密之法，俯仰揖讓之態，無不盡合。[32]

杜甫承繼司馬遷史傳散文技法，譬如〈北征〉〈詠懷〉〈八哀〉〈七歌〉諸篇與《史記》等文，作品中照應起伏、斷續疏密文法，與俯仰進退、一正一反的表態形態，無不全部相符。杜甫習承司馬遷史傳散文的創作方法，並運之於詩，所以杜詩具有「雄深雅健」的風格。

第三就「規矩」而言，陳文華（1946-2020）《杜甫古體詩選講》一書「作者簡介」曾云：

其詩根柢於杜甫詩律，講究鍊字鍛句、章法結構，故能雄深雅健，自出機杼；清綺夐美，情致動人。[33]

---

32 孫微輯校：《清代杜集序跋匯錄》，頁235。此外，沈德潛《說詩晬語》也說：「五言長篇，固須節次分明，一氣連屬。然有意本連屬而轉似不相連屬者；敘事未了，忽然頓斷，插入旁議，忽然聯續，轉接無象，莫測端倪，此運《左》、《史》法於韻語中，不以常格拘也。千古以來，且讓少陵獨步。」（見《清詩話》，頁482）沈德潛謂杜甫五古長篇「運《左》、《史》法於韻語中」，值得注意。

33 陳文華：《杜甫古體詩選講》（臺北：臺灣學生書局，2021年），「作者簡介」。此外，陳文華：《唐人近體詩選講》（臺北：臺灣學生書局，2024年），其「作者簡介」亦有相同敘述。

這是一個以省略三段論形式呈現的論述，今重構這個傳統三段論如下：

（一）陳文華詩歌根柢於杜甫詩律，講究鍊字鍛句、章法結構；
（二）凡根柢於杜甫詩律，講究鍊字鍛句、章法結構，能雄深雅健，自出機杼；清綺夐美，情致動人；
因此（三）陳文華詩歌能雄深雅健，自出機杼；清綺夐美，情致動人

就第二個前提而言，其意指：如果學習杜甫詩律（鍊字鍛句、章法結構）即可具「雄深雅健」風格，那麼，杜甫具有「雄深雅健」的詩風，自不待言。詩人若能通過根柢於杜律的「鍊字鍛句」與「章法結構」等形式，即能形塑「雄深雅健」風格。陳文華詩歌即依循杜甫字句章法與結構，扎根杜詩「規矩」，變化出之，臻至「雄深雅健」等等風貌。這意謂：杜甫憑據「規矩」即可達到「雄深雅健」的風格；後人藉由學習講究杜詩的「規矩」——「以子美為師」，亦可臻至「雄深雅健」的境地，那麼「雄深雅健」確實可經由「規矩」來完成，譬如杜甫與陳文華。此論述極具洞見與啟示。「鍊字鍛句」包含「倒裝」「鍊字」「實字」等等；「章法結構」也涵括「頓挫起伏」等等。簡言之，凡講究鍊字鍛句與章法結構等「規矩」，可以形成「雄深雅健」的詩風。此說若是，那麼詩人憑據「規矩」（頓挫與句法）等等形式，即可創造「雄深雅健」的風格。

綜言之，杜詩具有「雄深雅健」風貌主要有三個理由，第一就「集大成」言，元稹認為：杜甫兼該古今各種不同詩歌風格，所謂「盡得古今之體勢，而兼人人之所獨專」者；彙集各種詩歌文字風格本即意指涵括了「雄深雅健」，因此杜甫的創作具備雄深雅健的詩風。

第二就「司馬遷」言，先就類比論證而言，蘇軾以為：杜甫與司

馬遷相似，即「昨日見畢仲游：問杜甫似何人？仲游曰：『似司馬遷。』僕喜而不答，蓋與曩言會也」諸語。兩人共通點甚多：救人獲罪、歷覽周遊與精擅敘事；精擅敘事又包含寄寓褒貶、序事傾盡、雄直豪氣與敘事史法等等。司馬遷不僅精曉敘事，韓愈又推稱其文字具有雄深雅健風貌。依此可以概括出：凡「精曉敘事」具有雄深雅健風格。今杜甫也有相同人生閱歷，詩歌創作上精深賦法，賦法近於文的敘事；並以起伏頓挫議論敘事，寄寓褒貶，杜甫也可稱為「精曉敘事」者，所以我們可以推論出──杜詩也具有「雄深雅健」的詩風。次就傳統三段論而言，杜甫學習《史記》的敘事方式，沈德潛所謂「運《左》、《史》法於韻語中，不以常格拘也。千古以來，且讓少陵獨步」；司馬遷的文字風格為「雄深雅健」，所以杜詩帶有「雄深雅健」的風貌，也就不足為奇了。

第三就「規矩」言，杜詩的特色即「以文為詩」與「裝造句法」；凡「以文為詩」、又「裝造句法」可以形塑「雄深雅健」的風格，因此這類杜詩雄深而雅健。後世詩人如果根柢杜甫詩律，講究鍊字鍛句、章法結構等「規矩」，也可以形塑「雄深雅健」詩風。這是杜詩具有「雄深雅健」風格的基本思路。

第三節　杜詩雄深雅健的內涵

明人周履靖曾說：「雄：神氣自然，胸蟠八表。……深：運思至深，杳冥不測。……雅：溫其如玉，正而有文。……健：志氣蒼然，筆力有餘。」[34]四字當指：雄者，神態從容，取材閎博；深者，構思

---

[34]〔明〕周履靖：《騷壇秘語》，見《明詩話全編》，第5冊，卷之中，「格第十四」，頁4982-4983。

深遠,難以逆料;雅者,溫柔敦厚,雅正有文;健者,志意昂揚,筆力剛勁。周氏之言,可以參考。

杜詩「雄深雅健」的內涵複雜,初步探究若採整體通觀的定義方式,不易完成。由於「雄深雅健」難以藉一句話加以定義,今姑參酌周履靖做法,以杜詩學文獻為探究進路,採拆開分解的方式來說明,這是不得已的做法。

首先就「雄」而言,「雄」有「宏大」之意,主要有三個面向:氣、才與作品內容。

一、在「氣」方面,「氣」是指氣力、氣勢。古人稱杜詩為「氣雄」(或可稱為「雄氣」),這是指詩作中大氣磅礡,無邊無際。胡應麟說:

> 李、杜歌行,雖沈鬱逸宕不同,然皆才大氣雄,非子建、淵明判不相入者比。[35]

劉熙載《詩概》也說:「杜陵五七古敘事,節次波瀾,離合斷續,從《史記》得來,而蒼莽雄直之氣,亦逼近之。」(見前引文)杜甫學習司馬遷的敘事筆法,以起伏頓挫,疊加波瀾,形成的雄壯盛大之氣勢。

二、在「才」方面,「才」即天賦才華。前人稱杜甫為「才雄」(或「雄才」),這是說杜甫的創作才力渾厚。胡應麟《詩藪》說:

> 杜公才力既雄,涉獵復廣,用能窮極筆端,範圍古今。[36]

---

[35] 〔明〕胡應麟:《詩藪》,見《明詩話全編》,第5冊,卷3,「內編・古體下・七言」,頁5477。

[36] 〔明〕胡應麟:《詩藪》,見《明詩話全編》,第5冊,卷5,「內編・近體中・七言」,頁5505。

胡應麟肯定杜甫才力雄厚，博覽羣書，因而能極盡詩歌，達到古今不出範圍之境。李重華《貞一齋詩說》也說：

> 子美天才既雄，學力又破萬卷，所得豈直《文選》？[37]

李重華同樣肯認杜甫天才雄厚，又飽讀書策。最後，方貞觀說：

> 子美詩在當時，亦未有知之者，至元和間元微之作子美墓志，始賞識贊嘆，以為「詩人以來，未有如子美者」，遂由唐末歷宋、元、明以及今日，家傳而戶誦之矣。論其思深力大，氣古才雄，自應首推。[38]

杜甫創作時運思深沉，才華深厚，氣力勁健宏大，具備古雅之風。杜甫天賦才華雄厚，古人因而稱為「才雄」者。

三、在「作品內容」方面，這是指杜甫描述的景象壯闊宏大。施補華《峴傭說詩》說：

> 「星垂平野闊，月湧大江流」，是雄壯語。[39]

杜甫〈旅夜書懷〉「星垂」兩句，景致雄偉壯闊。又如，曾季貍《艇齋詩話》說：

> 老杜有〈岳陽樓〉詩，孟浩然亦有。浩然雖不及老杜，然「氣

---

37 〔清〕李重華：《貞一齋詩說》，見《清詩話》，頁862。
38 孫微輯校：《清代杜集序跋滙錄》，頁33。
39 〔清〕施補華：《峴傭說詩》，見《清詩話》，頁894。

蒸雲夢澤,波撼岳陽城」亦自雄壯。[40]

杜甫〈登岳陽樓〉乃雄壯詩,並勝過孟浩然〈望洞庭湖贈張丞相〉詩。話雖如此,孟氏之「氣蒸」兩句亦屬雄壯;言外也肯認杜甫〈登岳陽樓〉詩為雄壯之作。

歸結而言,「雄」字指杜甫天賦才厚,詩具磅礡大氣,景象描摹壯闊。

其次就「深」而言,「深」字有兩個面向:一、「深」即「沈」,所謂「深沈」(或作「深沉」)。「深沈」指杜甫創作時在運思與技法上縝密周備;當然有時也包括風格,朱弁說:

> 李義山擬老杜詩云:「歲月行如此,江湖坐渺然。」直是老杜語也。其他句:「蒼梧應露下,白閣自雲深。」「天意憐幽草,人間重晚晴」之類,置杜集中,亦無愧矣。然未似老杜沈涵汪深,筆力有餘也。[41]

「沈涵汪深」承襲《新唐書・杜甫傳》「渾涵汪茫」之語;「渾涵汪茫」本謂杜詩具備各種不同風格。「渾涵」意指「廣博深沈」;「汪」者「海洋」;「茫」則「廣遠」之意。「渾涵汪茫」即謂杜詩像汪洋大海一樣的廣博深沈。「沈涵汪深」亦此意,只是它刻意突顯「深」「沈」兩字,依此,「沈涵汪深」承繼「渾涵汪茫」意思,兩者內涵極為近似,都是指杜詩風格完備。那麼,「老杜杜沈涵汪深,筆力有

---

40 〔宋〕曾季貍:《艇齋詩話》,見《歷代詩話續編》,上冊,頁290。〔清〕仇兆鰲《杜詩詳注》也說:「黃鶴曰:一詩之中,如『吳楚東南坼,乾坤日月浮』一聯,尤為雄偉。」(卷22,頁1948)
41 華文軒編:《杜甫卷》,第2冊,頁403。

餘」即意謂杜詩集備各種相異詩歌風格，乃筆力有餘的表現。

　　二、「深」即「遠」，所謂「深遠」，這是指杜甫在創作上用意深遠難測。楊倫〈自序〉說：

> 自昔稱詩者，無不服膺少陵，以其原本忠孝，有志士仁人之大節，而又千彙萬狀，茹古涵今，無有端涯；視他人尋章摘句為工者，真不啻岱華之於部婁，江海之於潢潦也。顧其學極博，體極備，用意極深遠，自非反復沈潛，未易謋然已解。[42]

杜甫創作的詩歌不易謋然理解，這是由於杜甫學問廣博、風格完備、運意深遠的緣故。若非反復潛心深研，恐無法輕易心通理解。黃生〈杜詩概說〉也說：

> 入杜詩如入一處大山水，讀杜律如讀一篇長古文，其用意之深，取境之遠，制格之奇，出語之厚，非設身處地，若與公周旋於花溪草閣之間，親陪其杖屨，熟聞其謦欬，則作者之精神不出，閱者之心孔亦不開。[43]

長篇古文通常用意深、取境遠、制格奇、出語厚，須設身處地，始能理解。今杜詩用意取境深遠、制格出語厚奇，因此須設身處地，反復沉潛周旋，始能豁然理解。劉熙載《詩概》也說：

> 杜詩高、大、深俱不可及。吐棄到人所不能吐棄，為高；涵茹

42　〔清〕楊倫：《杜詩鏡銓》，序，頁7。
43　〔清〕黃生：《杜工部詩說》，頁7。

到人所不能涵茹,為大,曲折到人所不能曲折,為深。[44]

由於杜詩「高厚」、「雄大」、「深遠」,能棄所不能棄,茹所不能茹,曲所不能曲,因此杜詩難以企及。

綜結而言,「深」字指杜甫創作時思慮、技法與風格等等周密完備;用意深遠,含蓄曲折,因此杜詩在解讀上須設身處地,浸沈其間,反覆磋磨,深入探究。

第三就「雅」而言,「雅」字有兩層意,第一層是「《風》《雅》」的「《雅》」,〈戲為六絕句〉所謂「別裁偽體親風雅」者——要辨別裁去沒有真實性情的詩作,要親近學習情真性摯的《風》《雅》作品。亦即元稹於〈墓係銘〉中,稱讚杜甫能「上薄《風》《雅》」之「《雅》」。

第二層是「正」,「正」指「性情之正」與「議論雅正」。[45]古人認為杜甫性情至正,能創作情真性摯詩歌,因此杜詩可謂「上薄《風》《雅》」。和寧說:

少陵之于詩,根至誠之心,發見道之言。是以哀樂憂愉,得性情之正;溫柔敦厚,合風雅之遺。[46]

由於杜詩以誠正真心為根柢,發載道言論,所以無論是憂愉哀樂皆得性情之正,創作溫柔敦厚的詩歌,因此杜詩合符《風》《雅》遺意。黃淮也說:

---

44 〔清〕劉熙載:《詩概》,見《清詩話續編》,第3冊,頁2425。
45 金元恩說:「大哉鑠乎,議論雅正,詞句動人,杜子得之矣。」(見《清代杜集序跋滙錄》,頁362)
46 孫微輯校:《清代杜集序跋滙錄》,頁333。

> 詩以溫柔敦厚為教，其發於言也，本乎性情，而被之絃歌，於以〔格〕神祇，和上下，淑人心，與天地功用相為流通，觀於《三百篇》可見矣，漢魏以降，屢變屢下，至唐稍懲末弊而振起之，而律絕之體復興焉。當時擅名無慮千餘家，李杜首稱，而杜為尤盛。……其鋪敘時政，發人之所難言，使當時風俗世故瞭然如指掌；忠君愛國之意，常拳拳於聲嗟氣嘆之中，而所以得夫性情之正者，蓋有合乎《三百篇》之遺意也。[47]

杜甫深得性情至正，忠君而愛國，其詩溫柔敦厚，能合乎《風》《雅》宏旨，踵繼《三百篇》教化遺意，此等皆屬議論雅正的範圍。

歸納言之，「雅」字指「《風》《雅》」的「《雅》」；也有「正」意，「正」可指「性情之正」與「議論雅正」。融通言之，杜甫由於性情之正，情真而性摯，忠君憂國，創作溫柔敦厚詩歌，因而追躡《風》《雅》大旨，議論雅正。「雅」也可指「不俗」，「有別凡俗」之意，「語不驚人死不休」者，古人評杜也常以此意跟「健」字連用，意謂「有力而不俗」，合稱「雅健」。

第四就「健」而言，「健」乃「強而有力」或「筆力有餘」。杜詩表現形態之一是──敘述時能「起伏」。創作時能掀起文字的抑揚頓挫，疊作波瀾，運筆勁健有力，前賢也稱為「筆力」。錢泳《履園譚詩》說：

> 七古以氣格為主，非有天姿之高妙，筆力之雄健，音節之鏗鏘，未易言也。尤須沈鬱頓挫以出之，細讀杜、韓詩便見。[48]

---

47 〔明〕黃淮：〈讀杜愚得後序〉，見《明詩話全編》，第1冊，頁446-447。
48 〔清〕錢泳：《履園譚詩》，見《清詩話》，頁804。

古人也主張「倒裝句法」是筆力勁健的表現。杜甫於詩律中駕馭各式裝造句法更是杜詩「筆力有餘」的呈現。

　　總而言之，杜詩「雄深雅健」風格的內涵可分述如下：

　　「雄」指杜甫天賦才厚，詩具磅礡大氣，景象描繪壯闊。此外，「雄」字當也涵括杜甫「致君堯舜」、「稷契自許」的壯志。

　　「深」指杜甫創作時思慮、技法與風格等等周密完備；用意深遠。

　　「雅」字其意有三：一、指「《風》《雅》」的「《雅》」；二、指「正」，「正」又涵括「性情之正」與「議論雅正」；三、指「不俗」，即「不同凡俗」，常跟「健」字並提，合為「雅健」。若從「雅」的內涵來看，杜詩無論是忠君愛國、教化褒貶或經世濟民等等思想，皆屬議論雅正。

　　「健」意指「強而有力」，其表現形態包含──「頓挫」與「倒裝」等等裝造句法，這是筆力有餘的呈現。

第四節　再論雅健的方式與雄深雅健的舉隅

　　首先，就「雅健」而言：「雅健」指「有力而不俗」。[49]詩歌文字如果能勁健有力，則能有別凡俗；在技巧上「健」字實為樞紐所在。如何能讓文字勁健有力呢？除了一正一反的表現之道外，「語健」至少還有三個常見方式：倒裝、實字與鍊字。[50]

49　古人認為透過「倒裝句法」可使文字勁健不俗。汪瑗於〈憶弟二首〉其一「憶昨狂催走，無時病去憂」下云：「言喪亂之來，其催人逃竄，奔走如狂；其病其憂，無時而去。本謂：催狂走，去病憂，倒一字在上，使雅健耳。」（見《杜律五言補註》，卷之1，頁100）原本排序當是「催狂走，去病憂」，杜甫將「狂」「病」字分別倒裝在前，使文字有力而不俗。

50　單就杜詩句法而言，文字的拆開、顛倒裝造會使讀者感到驚異而勁健有力，譬如倒裝、倒剔、倒敘句等等。除了直述句以外，杜詩的各式裝造句法都是杜甫嘗試「尚

一、「倒裝」:「倒裝」最早起源於《三百篇》,梁章鉅《退庵隨筆》說:「唐、宋以來,詩家多有倒用之句。謝疊山謂『語倒則峭』。其法亦起於《三百篇》。」[51]相較於正常語序之平順感,倒裝句給讀者有力的感受,就像山勢突然陡峭一樣,高拔且有力,可謂「倒裝語健」。魏慶之曾說:

倒一字語乃健。[52]

趙次公於〈陪鄭廣文遊何將軍山林十首〉其五「綠垂風折笋,紅綻雨肥梅」下也說:

上句義言風折笋垂綠,下言雨肥梅綻紅。句法以倒言為老健。[53]

〈陪鄭廣文游何將軍山林〉「綠垂風折笋,紅綻雨肥梅」兩句,其原句當是:風折笋垂綠,雨肥梅綻紅。「綠垂」「紅綻」倒裝在前,更顯老練有力。李東陽《麓堂詩話》也說:「詩用倒字倒句法,乃覺勁健。如杜詩『風簾自上鉤』,『風窗展書卷』,『風鴛藏近渚』,『風』字

奇」的結果,「語不驚人死不休」者,這是杜甫為了帶給讀者新奇感受,使其閱讀時覺得驚異,內心感到意外而震撼,評述杜詩的讀者甚至可以感受到若干杜詩字句力量的存在。因此杜甫的各式裝造句法對部分讀者而言可謂勁健有力。若反省古典詩學,盛唐杜甫自覺且規律地嘗試各式裝造句法,帶給讀者驚奇與力量,就此而言,杜甫可謂超級詩人。

51 〔清〕梁章鉅:《退庵隨筆》,見《清詩話續編》,第3冊,頁1951。
52 〔宋〕魏慶之:《魏慶之詩話》,見《宋詩話全編》,第9冊,卷6,頁9026。
53 〔宋〕趙次公:《杜詩趙次公先後解輯校》(上海:上海古籍出版社,1994年),甲秩卷之2,頁45。另外,蔡夢弼《杜工部草堂詩話》也說:「王彥輔《塵史》曰:『子美善用故事及常語,多倒其句而用之,蓋如此則語峻而體健。如『露從今夜白,月是故鄉明』之類是也。』」(見《杜甫詩話六種校注》,卷2,頁141)「語峻」意謂用語不凡,「體健」當指風格有力;換言之,倒裝句法可使用語不凡、風格勁健。

皆倒用。」[54]一言以蔽之，倒字倒句可使讀者感到文字勁健有力；而杜句本多用倒裝，所以杜詩筆力勁健。

二、「實字」：詩中多用實字，句子較為密實，似可撐天柱地，筆力勁健。張夢機《近體詩發凡》「實字健句」說：

> 詩中多用實字，則筆力勁健，語句自然雄奇排宕，黃庭堅「桃李春風一杯酒，江湖夜雨十年燈。」張耒稱為奇語，蓋「桃李」、「春風」、「酒」、「江湖」、「夜雨」、「燈」，皆實字也。……。足見詩中疊用實字，可使語句雅健有力，意境清新也。吳沆環溪詩話曰：「韓愈之妙，在用疊句，如『黃簾綠幕朱戶間』。是一句能疊三物，如『洗粧拭面著冠披，白咽紅頰長眉清。』是兩句疊六物，惟其疊多，故事實而語健。……。韻語皆疊，每句之中，少者兩物，多者三物以至四物，幾乎皆是一律，惟其疊語，故句健，是以為好詩也。」細繹其意，可知吳氏所謂實字者，即名詞字也。夫文句疊實，益之音節拗奇，則必雅健而有深致，此即古人所稱之「硬語」。[55]

詩歌疊用實字，多用名物，實字名物使詩句密實有力，堪謂筆力勁健。今杜甫創作詩歌時亦多用名物實字，吳沆說：

> （張）右丞云：……。杜詩妙處，人罕能知。凡人作詩，一句只說得一件事物，多說得兩件，杜詩一句能說得三件、四件、五件事物；常人作詩，但說得眼前，遠不過數十里內，杜詩一句能說數百里，能說兩軍州，能說滿天下，此其所為妙。……。

---

54 〔明〕李東陽：《麓堂詩話》，見《歷代詩話續編》，下冊，頁1393-1394。
55 張夢機：《近體詩發凡》（臺北：中華書局，2018年），頁92-93。

如「孤城返照紅將斂，近市浮烟翠且重」，亦是好句。然有「孤城」也有「返照」即是兩件事；又如「鼉吼風奔浪，魚跳日映沙」，有「鼉」也、「風」也、「浪」也，即是一句說三件事；如「絕壁過雲開錦繡，疏松夾水奏笙簧」，即是一句說了四件事；至如「旌旗日暖龍蛇動，宮殿風微燕雀高」，即是一句說五件事。惟其實，是以健。[56]

杜詩多用名物實字，一句之中講三、四或五件事物；詩中多用名物實字，使詩句密實有力，這是筆力勁健的表現，因此杜詩運筆有力。

三、「鍊字」：作詩必須鍊字，一般而言，都是鍊動詞。鍊字目的在使文字陌生化，違反日常用法，脫離流俗習慣，重新賦予文字新生命，使舊文字更加凸顯響亮，是詩人致力處，因此稱為「活」字，為活用之字。呂氏《童蒙訓》云：

潘邠老言：……。五言詩第三字要響。如「圓荷浮小葉，細麥落輕花」，「浮」字、「落」字是響字也。所謂「響」者，致力處也。予竊以為字字當活，活則字字自響。[57]

所鍊之字（或動詞）當活用，鍊字可使文字顯明響亮。鍊字若能活用，可使所鍊之字躍然紙上，給讀者新奇、驚異感受，因而所鍊之字勁健有力，張夢機，《近體詩發凡》〈論鍊字與造句〉「鍊字」「活字點眼」下說：

詩所貴云鍊者，是往活處鍊，非死處鍊也。夫活亦在乎認取詩

---

[56] 華文軒編：《杜甫卷》，第3冊，頁874。
[57] 〔宋〕胡仔：《漁隱叢話》，見《文淵閣四庫全書》，第1480冊，卷13，前集，頁119。

眼而已,詩眼即提醒處,亦即音節之扼要處,猶之畫龍之點睛。往活處鍊,則若龍眼之有一定處所也,大抵五言詩以第三字為眼,七言詩以第五字為眼,或謂眼用實字則挺,用響字則響,用拗字則健,殊不知眼用活字,則凌紙生新,既響且健,最為警策。[58]

杜甫追求詩歌文字的新奇,講究鍊字,葛常之曾云:

作詩在于練字。如老杜「飛星過水白,落月動沙虛」,是練中間一字。「地拆江帆隱,天清木葉聞」,是練末後一字。〈酬李都督早春〉詩云:「紅入桃花嫩,青歸柳葉新」,若非「入」與「歸」二字,則與兒童之詩何異?[59]

詩人所鍊之字,即稱為詩眼;鍊字可使詩句避免流於凡俗,楊仲弘也曾說:

詩要鍊字,字者眼也。如杜詩「飛星過水白,落月動沙虛」,鍊中間一字。「地坼江帆隱,天清木葉聞」,鍊末後一字。「紅入桃花嫩,青歸柳葉新」,鍊第二字。非鍊「歸」、「入」字,則是學堂對耦矣。又如「暝色赴春愁,無人覺來往」,非鍊「覺」、「赴」字,便是俗詩,有何意味耶。[60]

---

58 張夢機:《近體詩發凡》,頁87。
59 〔宋〕阮閱:《詩話總龜》(北京:人民文學出版社,2006年),卷24,「後集」「用字門」,頁151。
60 〔清〕仇兆鰲:《杜詩詳注》,卷6,頁439。

杜甫崇尚新奇，力避流於凡俗，不斷嘗試賦予文字新生命，講求鍊字，給讀者驚奇感受，驚奇帶給心頭一震，因而杜詩用字響亮而有力。

總而言之，由於杜甫性情醇正，志雄氣大，學博識足；既厚篤忠義倫紀，又深研儒道經術，習承《左》、《史》史傳散文技法，議論雅正；歷經時局盛衰變亂，流離隴蜀，備嘗苦辛，增益不能；又以溫柔敦厚、含蓄曲折創作詩歌；善用反正頓挫筆法，巧用倒裝語句，疊用名物實字，活用鍊字點眼，裝造各式句法，文字勁健有力，杜詩因而具有「雄深雅健」面向。

其次，本文以杜甫〈登樓〉一詩為例，說明杜詩具有「雄深雅健」的風格。

> 花近高樓傷客心，萬方多難此登臨。
> 錦江春色來天地，玉壘浮雲變古今。
> 北極朝廷終不改，西山寇盜莫相侵。
> 可憐後主還祠廟，日暮聊為〈梁甫吟〉。

詩意約略敘述如下：此次登上成都高樓，倚樓眺望，一看到附近百花綻放，群芳遍地，本應感到愉悅，卻深深刺傷我四處飄泊作客之心，這是因為吐蕃入侵這場戰爭導致各地多災多難、尚未重建復原完畢的緣故。錦江邊的滿目春色，彷彿是鋪天蓋地湧現出來一樣，眺望無際，它始終還是來自天地之間；遙想從古至今的治亂興亡，應該就像四川玉壘山上的浮雲一樣，世事滄桑，變幻難測。雖說政權曾經短暫換竄——吐蕃立王承宏為帝，但是各地諸侯擁護代宗朝廷，就如同天上眾星拱衛北極星一樣，天命的唐代政權終究是不會改變移易的，所以我還是想要勸一勸：往來西山附近、盜寇般的吐蕃軍隊，以後不

要再侵犯中原了——雖然你們曾經來犯,將來我們依舊會成功阻止你們的襲擊。眼見此景,思及往昔,漢代後主劉禪寵信宦官黃皓,導致國家覆滅,亡國後即便享有祠廟,還真可憐;再看今日,代宗皇帝寵信宦官魚朝恩、程元振等人,致使吐蕃陷京,車駕幸陝,儘管未丟失國家,但也夠可憐狼狽了。[61]倚樓已久,日薄西山之際,只能暫且吟詠諸葛亮的〈梁甫吟〉,因為當今朝廷並無可以遏止宦官、輔佐皇帝、拯民水火的忠臣。值此家國飄搖之時,我卻無濟救蒼生之力,壯志難酬,只能在此歎惋老驥遲暮,傷心國事,內心感慨無奈不已。

首先,詩歌頷聯「天地」是屬空間,「春色來天地」描寫城樓一望無盡的春色;「古今」是屬時間,「浮雲變古今」敘述古今治亂的變化莫測。頸聯「北極」是天,「西山」隸地,天地又是空間。杜甫於此兩聯刻劃無垠空間與長久時間:天地春色,景象雄偉閎闊,古今浮雲,時間亙古久遠;作品本意是於浩瀚時空圖譜中,凸顯詩人的渺小、孤寂與無力。然而無論如何,兩聯景象的描寫可以謂之為「雄」。

其次,首句出以賦法,原句當為「花近高樓」「本該開懷」(卻)「傷客心」,藏省「本該開懷」,而成「花近高樓」「傷客心」,此為杜詩中常見的技法——賦法的藏省。頸聯採用「否定見意」詩法——藉否定句法以顯其言外之意,「終不改」言外為「曾改」;「莫相侵」句外為「曾侵」。[62]詩意含蓄蘊藉、吐吞不露。

詩意的經營也極有層次,一層深入一層:「花近高樓」竟「傷客心」,敘述反常;既然「萬方多難」還「此登臨」,二句令讀者意外,深感奇怪,引發懸念,所以讀者必會追問:何以傷心?何以萬方多

---

61 《杜甫全集校注》說:「按:後主寵信宦官黃皓,終致蜀漢亡國。代宗任用宦官程元振、魚朝恩等,招致吐蕃陷京、鑾輿幸陝之禍,故借後主託諷。後主昏庸,亡國還享祠廟,代宗尚未亡國,似勝於劉禪,但亦夠可憐矣。」(第6冊,卷11,頁3165)

62 《杜甫全集校注》說:「周篆曰:『「終不改」,則曾改可知。「莫相侵」,則見侵可知。』」(第6冊,卷11,頁3164)

難？原來這是由於吐蕃入侵國都的緣故。問題是：吐蕃如何能夠侵犯中原呢？因為代宗皇帝寵信宦官程元振等人所造成的。何以變成今日皇帝軟弱、宦官專權？因為朝廷無輔弼忠臣、制佞賢良。這也是杜甫憂心國家之所在。此詩的惆悵亦有三層，一層推進一層：詩人異鄉顛沛，登樓之舉，本為消愁；四方多難，更覺傷憂；國無諸葛，身不見用，難過不已。[63]生剝洋蔥，盡是無字傷心眼淚。「有志難伸」之意又寄託「聊為」二字，相當含蓄。詩意經營極為遒勁，一層深透一層，筆力剛健，入木三分。總謂之「深」。

　　第三，邊連寶曾說：「末因後主祠廟，而興吟〈梁甫〉，蓋有慨于代宗之懦弱也。五六，明夷夏之大防；七八，慨綱維之不振。先罪其下，而後責其上，《春秋》之志也。」[64]詩歌言及必須嚴格防範吐蕃入侵，感慨國家法制遭受破壞，問罪程元振等人，歸責代宗皇帝軟弱，「可憐」諸字，推見至隱，寄寓是非褒貶，這是《春秋》記事的筆法，詩歌敘事議論雅正。此所謂「雅」。

　　第四，楊倫曾說：「首二句倒裝突兀。」[65]「萬方多難」本應置於「傷客心」之前，卻反置於後，為倒裝句。「突兀」是麗景本應歡樂，卻省略歡喜二字，反言傷心，出乎讀者逆料，既吸引目光，又劈空出世，讀者莫明所以，又難以招架，運筆有力。陳文華說：「楊倫說『突兀』，這個突兀，先說結果，讓我們讀者有一個訝異的感覺，你當然心裡邊會打問號，登上高樓為什麼會傷心？所以倒裝會造成一種心理的訝異感，這種訝異感會讓句子強勁有力。所以我們古人時常

---

63 杜甫善於營造多層詩意，又如〈春望〉「白頭搔更短，渾欲不勝簪」兩句，一層：時已白首，頭髮本少；二層：以手抓頭，髮絲更少；三層：不停抓頭，髮不勝簪。十足表現對「家」「國」的擔憂焦急心情。兩句之中，「更」與「不勝簪」諸字是多層詩意的線索。

64 〔清〕邊連寶：《杜律啟蒙》（濟南：齊魯書社，2005年），七言卷之2，頁415。

65 〔清〕楊倫：《杜詩鏡銓》，卷11，頁520。

說倒句是取勁，或是取健，勁跟健，當然意思是一樣的。健也好，勁也好，就是有力量的一個感覺。」[66]〈登樓〉詩首二句「倒裝突兀」，倒裝突兀使讀者產生驚異感，訝異感讓句子勁健有力，因而首聯強勁有力。首二句既倒裝取勁，突兀襲來；緊接著後六句立刻變換勁健型態，出以正反起伏之法──「錦江」句為「起」；「玉壘」句為「伏」；「北極」句又「起」；「西山」句又「伏」；「可憐」句再「起」；「日暮」句再「伏」。藉由兩次以上的起伏頓挫，疊作波瀾，如海上行舟，波谷既平，波峰又作，連續不斷，動盪不已。詩人以頓挫筆法掀騰波瀾壯闊，筆力雄健如此，可謂大鵬振翅、碧海擎鯨。前後又筆法幻變，難以預料。此當為「健」。

杜甫憂國憂民，全詩無一語直批代宗皇帝，歸責之語，寄託線索，於言外見之，含蓄而蘊藉，足使言者無罪，聞者足戒，為「溫柔敦厚」之詩，元稹所謂「上薄《風》《雅》」者。

總而言之，杜甫詩歌具有「雄深雅健」風格，〈登樓〉詩是其中的一個代表。宋人葉夢得（1077-1148）曾說：「七言難於氣象雄渾，句中有力，而紆徐不失言外之意。自老杜『錦江春色來天地，玉壘浮雲變古今』……等句之後，嘗恨無復繼者。」[67]「氣象雄渾，句中有力，而紆徐不失言外之意」近乎「雄深雅健」之意。葉氏此說，眼光獨到。

小結

古典詩學中有杜詩「雄深雅健」一說。「雄深雅健」最早是韓愈藉以評述柳宗元的文風，並說其散文風格像司馬遷一樣，那麼，最早具有「雄深雅健」風格者當可追溯至司馬遷。

---

66 陳文華：《唐人近體詩選講》,〈登樓〉, 頁558。
67 〔宋〕葉夢得：《石林詩話》, 見《歷代詩話》, 卷下, 頁432。

宋人張表臣將「雄深雅健」四字用來描述杜詩的一種風格面貌，開啟了杜詩「雄深雅健」的評述。除了「雄深雅健」四字外，前賢有時也用「雄深」、「雄健」，甚至「雅健」來形容杜詩風貌。

杜甫具有「雄深雅健」的詩風主要有三個理由：一、這是因為杜詩囊括古今不同詩歌風格；集備古今各種詩風、兼該人人所專擅，此即意指有些杜詩具備「雄深雅健」的面向。這是「集大成」一路。二、這是由於先哲發現杜甫與司馬遷相似的緣故，最早指出兩人相似者當是蘇軾，此後古人就愈來愈著手探究兩人共通點，並常將兩人及其著作相提並論。

兩人在身世上有諸多相似之處：救人遭禍、歷覽周遊與精曉敘事等等。「救人遭禍」增益對人事的深刻認識，窮而後工，終成大作；「歷覽周遊」則精進見識器量，拓展取材範圍。兩人在「雄深雅健」風格的養成上有諸多相同。

杜甫與司馬遷皆「精曉敘事」，其共通點有：字句寄寓是非褒貶；敘事脈絡清楚；作品富含雄直豪氣；講究敘事史法、文字起伏頓挫等等，這也是杜甫習承司馬遷史傳散文的結果，所謂「運《左》、《史》法於韻語中」（沈德潛《說詩晬語》）與「運《左》、《史》文筆為詩法也」（朱庭珍《筱園詩話》，卷1）。也就是說，外緣方面，兩人經歷在風格涵養上極為相同；內緣方面，除了儒家經典與《文選》等等書籍外，杜甫更直接承繼司馬遷的史傳散文筆法與文字風格。歸結而言，由於司馬遷救人遭禍、歷覽周遊並精擅敘事，形成「雄深雅健」的風格。今杜甫與司馬遷除有相似人生經歷外，杜甫更成功地向司馬遷學習，而司馬遷的文風為「雄深雅健」，因此這類杜詩也具有「雄深雅健」的風貌。這是「司馬遷」一路。三、杜甫既以文為詩，又鍛鍊字句；考究字句章法能形成「雄深雅健」風格，所以杜甫詩歌具有「雄深雅健」面向。這是「規矩」一路。

杜詩「雄深雅健」的內容複雜，難藉一句話加以概括，茲分述如下：

「雄」本具有「宏大」之意，若從杜甫追求「致君堯舜上，再使風俗淳」、「許身一何愚，竊比稷與契」與「安得廣廈千萬間，大庇天下寒士俱歡顏」等等理想抱負來看，可謂「志氣（志向）雄大」，志意昂揚，這當是首要必須肯定的。其後「雄」還有三個面向：一、「氣」方面，稱為「氣雄」（或「雄氣」），這是指詩作中大氣磅礡；二、「才」方面，稱為「才雄」（或「雄才」），這是說杜甫天賦才華雄厚；三、「作品內容」方面，這是指杜詩作品內容景象雄偉壯闊。

「深」有兩個內涵：一、「深」指「沈」，這是說杜甫在創作上運思、技法與風格等等周密完備；二、「深」指「遠」，此意謂杜甫用意深遠。

「雅」具有數層意：一、「《風》《雅》」的「《雅》」，此意指杜詩追躡《風》《雅》宏旨；二、「正」，此意謂杜甫「性情之正」、「議論雅正」；三、「不俗」，即「有別凡俗」，這是指杜甫創作時自覺地脫離凡俗，「語不驚人死不休」者。

「健」是「強而有力」，與平順柔弱相對反者，此顯示杜甫創作時追求勁健有力的表現形態。

由於杜甫性情之正，志向宏大，才力深厚，篤實忠義；又曾艱苦嘗辛，取材閎闊；並且學博氣足，深通經術；運思周密，能以溫柔敦厚、含蓄不露方式創作詩歌，因此杜詩能追躡《風》《雅》大旨，具有「雄深」的面向；另一方面，因為杜甫創作真實性情的詩歌，追求凌雲健筆、運意起伏波瀾的表現形態；又忠君愛國、厚篤倫紀；發而為言，不單踵繼《風》《雅》遺旨，議論又雅正；善用正反筆法、字句倒裝、名物實字與活眼鍊字等等，甚至各式裝造句法，乃鼉翻鯨躍、筆力有餘的呈現，具有「雅健」的面向，杜詩因而具有「雄深雅健」的風格。依此，杜詩「規矩」與其「雄深雅健」詩風關係密切。

第六章
結論

　　中晚唐時期,世人並未真正重視杜詩;降及宋初,詩壇上雖然是向唐人學習,但是此時杜詩仍不受世人普遍青睞。杜甫聲譽處於歷史低谷,但其地位卻有逐漸翻轉跡象。翻轉關鍵在於宋人推崇、效法杜甫與其詩歌,何以宋人會推重杜詩呢?理由至少有:杜集的整理刊行、儒學復興、宋儒推崇、文壇領袖與文學集團的尊崇。杜集的整理刊行,使杜詩流傳遂廣,增益後世對其價值體認的機會;宋代儒家復興,重視國家百姓,此與杜詩思想內容一致,因此杜甫與杜詩也隨之受到士人重視;宋儒推崇杜甫,如王安石選四家詩,評杜為第一,敖陶孫稱為「周公制作」,秦觀推為「孔子大成」,黃庭堅推為「詩中之史」,羅大經推為「詩中之經」,楊萬里推為「詩中之聖」,此後「諸家無不崇奉師法」(見仇兆鰲〈杜詩褒貶〉);蘇軾對杜詩的綮要評賞,使人注意其儒家詩教的價值,承繼《詩經》以來正統,在詩統上占據要津;黃庭堅與江西詩派的標榜師法,則使宋人更加尊崇學習杜詩。經由蘇、黃等人奮力振興杜詩,不僅使《詩經》正統得以承續不墜,詩家更知尊杜,所謂「詩至老杜,極矣。東坡蘇公、山谷黃公,奮乎數世之下,復出力振之,而《詩》之正統不墜。……。近世詩家,知尊杜矣」(晦齋〈簡齋詩集引〉),此時杜詩達到前所未有的境域,與《詩經》同一地位。因此宋代以降掀起學習杜詩的浪潮。這些因素是杜甫與杜詩走向高峰的重要推力。宋人也以比較杜甫與其他詩人的方式,呈現杜甫在個人情志、國家大義與詩歌風格上的特異傑出。

　　宋人對杜詩的學習,主要是從「規矩」著手,陳師道《後山詩

話》即曾云「學詩當以子美為師，有規矩故可學」。若就杜甫自己所言，這包括了「頓挫」與「句法」兩個面向。宋人對杜詩「頓挫」的學習，開啟宋朝所謂「以文為詩」的風貌；宋人對杜詩「句法」的研討，開創後世對杜詩句法研究的先河。宋朝以降前賢從對杜詩「規矩」的學習，逐步擴展到人格性情與詩藝成就的傾慕學習。學習背後的核心觀念即是「取法乎上」，「上」的具體內涵在人格性情方面有「仁」──溫柔敦厚；有「忠」──情不忘君。在詩藝成就方面有「親風雅」「美教化」與「集大成」等等。由於杜詩地位已提升至與《詩經》同一層次，所以杜詩成為詩家取法對象。

先就「頓挫」而言，杜甫創作時往往以賦法來敘事議論，藉由頓挫開闔、一正一反來指事陳情，這使得杜甫具有起伏跌宕的美感趣味與文法面貌，因而與史傳散文兩相契合，此即杜甫「以文為詩」說的一種內涵；宋代詩人學習杜甫以起伏頓挫來敘事議論的手法，開啟了宋代「以文為詩」的創作風貌。據此，杜詩的「頓挫」與杜甫「以文為詩」或宋人「以文為詩」的關係密切。

前賢認為：宋人學習杜甫「以文為詩」的創作方式，致使雅道大壞，鄭善夫即曾云：「長篇沈著頓挫，指事陳情，有根節骨格，此杜老獨擅之能，唐人皆出其下。然詩正不以此為貴，但可以為難而已。宋人學之，往往以文為詩，雅道大壞，由杜老起之也。」(《焦氏筆乘》)問題是：杜甫以賦法來敘事議論是否會使詩歌流於敷陳直捷而毫無蘊蓄，或使詩歌毫無言外之意而雅道大壞？事實上，杜甫除比興之外，也善用賦法來創造言外詩意，他憑據賦法的藏省來創造賦的言外詩味，成功解決傳統賦法流於切事完盡之病，臻至「溫柔敦厚」境界。

次就「句法」而言，自宋人研討杜詩句法以來，杜詩句法研究的集大成當屬清人黃生，他發現杜詩各式裝造句法至少二十多種以上，其研究深具啟示與貢獻。如果進一步歸納黃生的杜詩句法研究，我們

會發現杜詩句法可以分為「省略句」與「變裝句」兩大類。杜甫是以「省略」與「變裝」作為創作原則；與此相應，讀者解讀杜詩的「省略句」與「變裝句」時，須進行「填補字句」與「還原詩句」，「填補字句」與「還原詩句」即是讀者的解讀原則。細部地說，杜甫創作時會省略因果關係、字詞語句與解釋關係；也會對詞序、句序、句讀進行變化裝造，這除了是聲律與對偶等因素之外，主要是由於「說見不得直言見」與「詩道忌直喜曲」使然，亦即「含蓄曲折」的緣故，於是讀者詮釋詩歌時須填補因果關係、字詞語句與解釋關係，也須對詞序、句序、句讀的變化裝造進行還原。簡單地說，詩人創作時若省略變裝，讀者詮釋時即須填補還原；詩人將其不欲指明道破的言外詩意省略變裝，讀者即須將其填補還原，如此，詩人言外涵意始能周整明確。依此，杜詩創作句法理論同時可以作為杜詩詮釋基石，這不僅可以解讀杜詩，也可以理解其他詩人之作，具有高度普遍性，價值不言可喻。

　　杜甫「為人性僻耽佳句，語不驚人死不休」，忌於平鋪直敘、一筆順去，尋求曲折委婉。賦法上，以起伏頓挫敘事議論；句法上，工於裝造字句法。委婉可使詩意蘊藉含蓄，曲折可使筆力勁健。相較於平衍無波、直敘無折，「頓挫」「曲折」如風之逆水，呈現勁健有力之姿。

　　如果從杜詩學評述而言，在詩句形式上，杜甫的創作務求給讀者驚奇感。文字的驚奇會給部分讀者內心帶來意外與震撼的感覺，部分讀者此時會感受到若干裝造字句的力量，譬如倒裝、實字、鍊字等等，這些讀者因而認為杜甫詩歌筆力勁健。

　　杜甫以賦法起伏頓挫來敘事議論，這比較偏向傳統古文「健」的面向；杜甫以裝造句法創作詩歌，呈現筆力有餘的樣態，則是「健」的新創內涵，既有傳承又有創新的味道。杜甫學習司馬遷的史傳散文，所謂「運《左》、《史》法於韻語中」（沈德潛《說詩晬語》）、「運

《左》、《史》文筆為詩法也」（朱庭珍《筱園詩話》，卷1）、「杜公以《六經》、《史》、《漢》作用行之」（方東樹《昭昧詹言》，卷8）。司馬遷文字本具「雄深雅健」的風格，所以杜詩就順理成章具有「雄深雅健」的風貌了。杜甫藉由「以文為詩」與「裝造字句」來創作詩歌，而鍛鍊字句、筆法、章法能形塑「雄深雅健」風格，因此這類杜詩具有「雄深雅健」的風格。

此外，蘇軾一方面盛讚杜甫「一飯未嘗忘君」；「一飯未嘗忘君」臻至「發於情，止於忠孝」，實屬「《詩》之正」（〈王定國詩集敘〉）。此意指杜詩承繼《詩經》正統，吟誦杜詩可使百姓性情歸於正，深具儒家詩教價值。

另一方面，蘇軾又認為：杜甫似司馬遷。而司馬遷的文風號為「雄深雅健」，韓愈評柳宗元時即曾說「雄深雅健，似司馬子長」（《新唐書・柳宗元傳》）。如果順著蘇軾「杜甫似司馬遷」的說法，在理路上，讀者極易思及：杜詩也具有「雄深雅健」的風格，所以其後宋人張表臣才會說：「予讀杜詩云……『五聖聯龍袞，千官列鴈行』、『聖圖天廣大，宗祀日光輝』，則又得其雄深而雅健矣。」張氏之說，恐其來有自。今日如果我們從杜詩具雄深雅健風格，深思蘇軾「杜甫似司馬遷」或「杜詩似太史公書」之說，會發現蘇軾極具文學眼光與洞察力。

蘇軾曾感慨：「天下幾人學杜甫？誰得其皮與其骨。」「骨」的內涵當有二：「《詩》之正」與「雄深雅健」。前者是為了興復儒學的需要，也包含蘇軾洞悉杜甫與其詩歌價值的器識；後者是為了矯正詩歌浮靡的餘風，也包含西崑體造成文意輕淺與務積故事的遺風流病。這兩者背後呈現的實是蘇軾在文化上的高度使命感。

其他唐代儒家大詩人，譬如韓愈，難道不能成為宋人效法的榜樣嗎？關鍵在於無跡可循、不易學習，陳師道即曾說：「退之於詩，本

無解處，以才高而好爾。」(《後山詩話》)韓愈才器高超，讀者對於其詩不易剖析分明，難以辨明理路，因此無法學習。韓愈詩歌都已如此，就遑論陶淵明與李白的詩歌了。杜甫則不然，杜詩有規矩可循，因此可以效法學習。「《詩》之正」與「規矩」是杜甫在儒家詩統上獨一無二的特質，這也是杜甫與其他詩人或儒家詩人的重大差異。當蘇軾認為杜甫「流落饑寒，終身不用，而一飯未嘗忘君」，屬於「發於情、止於忠孝者」，進而洞悉杜詩實屬「《詩》之正」時；宋人又覺察杜詩「規矩」有跡可循，可被習得，譬如黃庭堅與陳師道等人，這意謂北宋時人意識到儒家的「《詩》之正」與「大雅之作」，有被後人再次完成或實踐、甚至超越的可能性，而非流於虛無縹緲、汗漫空疏的理想。

　　再就儒家興復而言，杜詩有規矩可循這點正呈現其高度價值，因為就北宋中、後期諸儒而言，復興《詩》教與導正詩風如今變得具體可行，露出了一線曙光。於是黃庭堅、陳師道、江西詩派與宋人開始學習杜詩，流風所及，學詩者多以杜甫為師。也因此前人認為：宋詩帶有「以文為詩」的面貌。這當然也招來詩壇風波，嚴羽與鄭善夫甚至曾批評這種「以文為詩」的創作方式。

　　最後，與其說杜甫「以文為詩」，或許稱杜詩「雄深雅健」，更來得精準，因為「以文為詩」(甚至「才學為詩」「議論為詩」)是「雄深雅健」的內涵之一。更何況，杜詩不只具有頓挫起伏的表現型態，還有各式各樣的裝造字句，這絕非鏡花水月、無跡可求，因此以「雄深雅健」來形容杜甫這類的詩歌當更為適切。但是「雄深雅健」也不過是杜詩諸多風格之一而已，杜詩還有「沉鬱頓挫」、「含蓄蘊藉」等等其他面貌，甚至擁有「集大成」的名號。如果只看見杜甫的「以文為詩」，而忽略「雄深雅健」的詩風，恐有「一葉蔽目，不見太山」之病，遺漏了杜甫、蘇軾與黃庭堅等等前賢昂揚的志意精神、感時憂

國的生命情懷與承繼儒家文化的使命感,還有宋人對詩歌藝術、創新創造的探索、學習與追求。

後記

　　本書論題須長時間構思規劃，不易一蹴而幾，所以先分別撰作「規矩」部分；最後再撰寫「以杜為師」與「雄深雅健」兩章。本書第三章曾以〈杜甫以文為詩說〉之名，發表於《淡江中文學報》第13期（2005年12月）；第四章曾以〈黃生的杜詩句法與詮釋〉之名，發表於《慈濟技術學院學報》第16期（2011年）。今回歸於本書論題之下，對前述兩文修改增刪，使其連貫且有秩序地呈現議題；並以「以文為詩」與「裝造句法」為其章名。此兩者不僅是杜詩「規矩」與「雄深雅健」的重要條件；也是從杜詩「規矩」邁向「雄深雅健」的關鍵中介。

蔡志超
謹記於二〇二五年六月二十日

引用暨參考資料

一　杜詩暨舊注

〔唐〕杜　甫：《杜工部集》，臺北：臺灣學生書局，1967年。
〔宋〕趙次公：《杜詩趙次公先後解輯校》，上海：上海古籍出版社，1994年。
〔宋〕郭知達集注：《九家集注杜詩》，見《文瀾閣四庫全書》，杭州：杭州出版社，2015年。
〔宋〕魯　訔編次；蔡夢弼會箋：《草堂詩箋》，臺北：廣文書局，1971年。
〔宋〕蔡夢弼：《杜工部草堂詩箋》，見《續修四庫全書》，上海：上海古籍出版社，2003年。
〔元〕趙　汸：《杜律趙註》，臺北：臺灣大通書局，1974年。
〔明〕王維楨：《杜律頗解》，臺北：臺灣大通書局，1974年。
〔明〕汪　瑗：《杜律五言補註》，臺北：臺灣大通書局，1974年。
〔清〕錢謙益：《錢注杜詩》，上海：上海古籍出版社，2009年。
〔清〕金聖歎：《唱經堂杜詩解》，臺北：臺灣大通書局，1974年。
〔清〕黃　生：《杜工部詩說》，京都：中文出版社，1976年。
〔清〕黃　生撰；徐定祥點校：《杜詩說》，合肥：黃山書社，1994年。
〔清〕仇兆鰲：《杜詩詳注》，臺北：里仁書局，1980年。
〔清〕吳見思：《杜詩論文》，臺北：臺灣大通書局，1974年。
〔清〕盧元昌：《杜詩闡》，臺北：臺灣大通書局，1974年。

〔清〕吳瞻泰：《杜詩提要》，臺北：臺灣大通書局，1974年。
〔清〕沈德潛：《杜詩偶評》，京都：中文出版社，1977年。
〔清〕浦起龍：《讀杜心解》，北京：中華書局，2000年。
〔清〕邊連寶：《杜律啟蒙》，濟南：齊魯書社，2005年。
〔清〕楊　倫：《杜詩鏡銓》，臺北：華正書局，1986年。
〔清〕范輦雲：《歲寒堂讀杜》，臺北：臺灣大通書局，1974年。

二　古籍

〔漢〕許　慎撰；〔清〕段玉裁注：《說文解字注》，臺北：黎明文化事業股份有限公司，1998年。
〔劉宋〕范　曄：《後漢書》，北京：中華書局，2003年。
〔唐〕唐太宗：《帝範》，見《文淵閣四庫全書》，臺北：臺灣商務印書館，1986年。
〔唐〕韓　愈撰；〔宋〕魏仲舉集注：《五百家注昌黎文集》，見《文淵閣四庫全書》，臺北：臺灣商務印書館，1986年。
〔唐〕白居易：《白氏長慶集》，見《文津閣四庫全書》，北京：商務印書館，2006年。
〔唐〕杜　牧；〔清〕馮集梧注：《樊川詩集注》，上海：上海古籍出版社，1998年。
〔唐〕司空圖著；祖保泉、陶禮天箋校：《司空表聖詩文集箋校》，合肥：安徽大學出版社，2002年。
〔後晉〕劉　昫等奉敕撰：《舊唐書》，見《文淵閣四庫全書》，臺北：臺灣商務印書館，1986年。
〔宋〕范仲淹：《范文正集》，見《文淵閣四庫全書》，臺北：臺灣商務印書館，1986年。

〔宋〕宋　祁等：《新唐書》，北京：中華書局，1987年。
〔宋〕宋　祁等：《新唐書》，見《文淵閣四庫全書》，臺北：臺灣商務印書館，1986年。
〔宋〕歐陽修：《六一詩話》，見《歷代詩話》，北京：中華書局，2001年。
〔宋〕司馬光：《溫公續詩話》，見《歷代詩話》，北京：中華書局，2001年。
〔宋〕劉　攽：《中山詩話》，見《歷代詩話》，北京：中華書局，2001年。
〔宋〕蘇　軾：《東坡全集》，見《文淵閣四庫全書》，臺北：臺灣商務印書館，1986年。
〔宋〕蘇　軾：《蘇軾文集》，北京：中華書局，1986年。
〔宋〕蘇　軾：《蘇東坡全集》，臺北：河洛圖書出版社，1975年。
〔宋〕蘇　軾撰；張志烈等校注：《蘇軾全集校注》，石家莊：河北人民出版社，2010年。
〔宋〕蘇　轍：《欒城三集》，見《文瀾閣四庫全書》，杭州：杭州出版社，2015年。
〔宋〕黃庭堅：《山谷集》，見《文淵閣四庫全書》，臺北：臺灣商務印書館，1986年。
〔宋〕黃庭堅：《山谷集》，見《文津閣四庫全書》，北京：商務印書館，2006年。
〔宋〕黃庭堅：《黃庭堅全集》，成都：四川大學出版社，2001年。
〔宋〕秦　觀：《淮海先生文集》，見《宋集珍本叢刊》，北京：綫裝書局，2004年。
〔宋〕秦　觀：《淮海集》，見《宋集珍本叢刊》，北京：綫裝書局，2004年。

〔宋〕陳師道：《後山先生集》，見《宋集珍本叢刊》，北京：綫裝書局，2004年。
〔宋〕陳師道：《後山居士詩話》，見《叢書集成新編》，臺北：新文豐出版公司，1985年。
〔宋〕晁說之：《景迂生集》，見《文淵閣四庫全書》，臺北：臺灣商務印書館，1986年。
〔宋〕鄒　浩：《道鄉集》，見《文淵閣四庫全書》，臺北：臺灣商務印書館，1986年。
〔宋〕吳　幵：《優古堂詩話》，見《歷代詩話續編》，北京：中華書局，2001年。
〔宋〕王直方：《王直方詩話》，見《宋詩話輯佚》，臺北：華正書局，1981年。
〔宋〕陳　善：《捫蝨新話》，見《叢書集成新編》，臺北：新文豐出版公司，1985年。
〔宋〕唐　庚：《唐子西文錄》，見《歷代詩話》，北京：中華書局，2001年。
〔宋〕釋惠洪：《冷齋夜話》，見《宋詩話全編》，南京：江蘇古籍出版社，1998年。
〔宋〕葉夢得：《石林詩話》，見《歷代詩話》，北京：中華書局，2001年。
〔宋〕李　綱：《梁溪先生文集》，見《宋集珍本叢刊》，北京：綫裝書局，2004年。
〔宋〕李　綱：《梁谿集》，見《宋詩話全編》，南京：江蘇古籍出版社，1998年。
〔宋〕呂本中撰；韓酉山輯校：《童蒙訓輯佚》，見《呂本中全集》，北京：中華書局，2019年。

〔宋〕呂本中：《童蒙詩訓》，見《宋詩話全編》，南京：江蘇古籍出版社，1998年。
〔宋〕朱　弁：《風月堂詩話》，見《中國詩話珍本叢書》，北京：北京圖書館出版社，2004年。
〔宋〕阮　閱：《詩話總龜》，北京：人民文學出版社，2006年。
〔宋〕張元幹：《蘆川歸來集》，見《文瀾閣四庫全書》，杭州：杭州出版社，2015年。
〔宋〕黃　徹：《䂖溪詩話》，北京：人民文學出版社，1998年。
〔宋〕蔡　絛：《西清詩話》，見《宋詩話全編》，南京：江蘇古籍出版社，1998年。
〔宋〕胡　銓：《胡澹菴先生文集》，臺北：漢華文化事業股份有限公司，1970年。
〔宋〕洪　芻：《洪駒父詩話》，見《宋詩話輯佚》，臺北：華正書局，1981年。
〔宋〕吳　可：《藏海詩話》，見《歷代詩話續編》，北京：中華書局，2001年。
〔宋〕胡　仔：《漁隱叢話》，見《文淵閣四庫全書》，臺北：臺灣商務印書館，1986年。
〔宋〕王　炎：《王炎詩話》，見《宋詩話全編》，南京：江蘇古籍出版社，1998年。
〔宋〕方深道：《諸家老杜詩評》，見《杜甫詩話六種校注》，濟南：齊魯書社，2004年。
〔宋〕楊萬里：《誠齋集》，見《文淵閣四庫全書》，臺北：臺灣商務印書館，1986年。
〔宋〕楊萬里：《誠齋集》，見《文瀾閣四庫全書》，杭州：杭州出版社，2015年。

〔宋〕朱　熹：《四書章句集註》，臺北：鵝湖月刊出版社，2010年。
〔宋〕陸九淵：《象山集》，見《文瀾閣四庫全書》，杭州：杭州出版社，2015年。
〔宋〕吳　曾：《能改齋漫錄》，臺北：木鐸出版社，1982年。
〔宋〕張　戒：《歲寒堂詩話》，見《歷代詩話續編》，北京：中華書局，2001年。
〔宋〕范　溫：《潛溪詩眼》，見《宋詩話輯佚》，臺北：華正書局，1981年。
〔宋〕魏　泰：《臨漢隱居詩話》，見《歷代詩話》，北京：中華書局，2001年。
〔宋〕張表臣：《珊瑚鉤詩話》，見《歷代詩話》，北京：中華書局，2001年。
〔宋〕扈仲榮：《成都文類》，見《文瀾閣四庫全書》，杭州：杭州出版社，2015年。
〔宋〕王觀國：《學林》，見《全宋筆記》，鄭州：大象出版社，2008年。
〔宋〕許　顗：《彥周詩話》，見《歷代詩話》，北京：中華書局，2001年。
〔宋〕葉　適：《水心集》，臺北：臺灣中華書局，1965年。
〔宋〕曹彥約：《昌谷集》，見《文淵閣四庫全書》，臺北：臺灣商務印書館，1986年。
〔宋〕邵　博撰；劉德權、李劍雄點校：《邵氏聞見後錄》，北京：中華書局，2006年。
〔宋〕趙彥衛撰；傅根清點校：《雲麓漫鈔》，北京：中華書局，1998年。
〔宋〕呂　午：《竹坡類稿》，見《北京圖書館古籍珍本叢刊》，北京：書目文獻出版社，1988年。

〔宋〕羅大經撰；王瑞來點校：《鶴林玉露》，北京：中華書局，2005年。

〔宋〕趙孟堅：《彝齋文編》，見《文瀾閣四庫全書》，杭州：杭州出版社，2015年。

〔宋〕郭　思：《瑤谿集》，見《宋詩話輯佚》，臺北：華正書局，1981年。

〔宋〕衛　湜：《禮記集說》，見《文淵閣四庫全書》，臺北：臺灣商務印書館，1986年。

〔宋〕何谿汶：《竹莊詩話》，見《文津閣四庫全書》，北京。商務印書館，2006年。

〔宋〕陳　起：《江湖後集》，見《文津閣四庫全書》，北京。商務印書館，2006年。

〔宋〕劉辰翁：《須溪集》，見《文瀾閣四庫全書》，杭州：杭州出版社，2015年。

〔宋〕劉辰翁：《須溪集》，見《叢書集成續編》，臺北：新文豐出版公司，1989年。

〔宋〕文天祥：《文信國集杜詩》，見《四庫全書珍本八集》，臺北：臺灣商務印書館，1978年。

〔宋〕嚴羽撰；郭紹虞校釋：《滄浪詩話校釋》，臺北：里仁書局，1987年。

〔宋〕嚴有翼：《藝苑雌黃》，見《宋詩話輯佚》，臺北：華正書局，1981年。

〔宋〕范晞文：《對牀夜語》，見《歷代詩話續編》，北京：中華書局，2001年。

〔宋〕魏慶之：《詩人玉屑》，見《文瀾閣四庫全書》，杭州：杭州出版社，2015年。

〔宋〕魏慶之：《魏慶之詩話》，見《宋詩話全編》，南京：江蘇古籍出版社，1998年。

〔宋〕潘　淳：《潘子真詩話》，見《宋詩話輯佚》，臺北：華正書局，1981年。

〔宋〕曾季貍：《艇齋詩話》，見《歷代詩話續編》，北京：中華書局，2001年。

〔金〕王若虛：《滹南詩話》，見《歷代詩話續編》，北京：中華書局，2001年。

〔元〕方　回：《方回詩話》，見《遼金元詩話全編》，南京：鳳凰出版社，2006年。

〔元〕尹廷高：《玉井樵唱》，見《文淵閣四庫全書》，臺北：臺灣商務印書館，1986年。

〔元〕傅與礪：《詩法源流》，見《元代詩法校考》，北京：北京大學出版社，2001年。

〔明〕宋　訥：《西隱集》，見《文津閣四庫全書》，北京：商務印書館，2006年。

〔明〕方孝孺：《方孝孺詩話》，見《明詩話全編》，南京：江蘇古籍出版社，1997年。

〔明〕楊士奇：《東里文集續集》，見《文瀾閣四庫全書》，杭州：杭州出版社，2015年。

〔明〕吳　訥：《文章辨體序說》，見《文體序說三種》，臺北：臺灣大學出版中心，2016年。

〔明〕陸　深：《儼山集》，見《文淵閣四庫全書》，臺北：臺灣商務印書館，1986年。

〔明〕李東陽：《麓堂詩話》，見《歷代詩話續編》，北京：中華書局，2001年。

〔明〕張　琦：《白齋竹里詩集續》，見《四庫全書存目叢書》，臺南：莊嚴文化事業有限公司，1997年。
〔明〕俞　弁：《山樵暇語》，見《明詩話全編》，南京：江蘇古籍出版社，1997年。
〔明〕謝　榛：《四溟詩話》，見《歷代詩話續編》，北京：中華書局，2001年。
〔明〕王文祿：《詩的》，見《明詩話全編》，南京：江蘇古籍出版社，1997年。
〔明〕黃省曾：《名家詩法》，見《中國詩話珍本叢書》，北京：北京圖書館出版社，2004年。
〔明〕孫　鑛：《孫鑛詩話》，見《明詩話全編》，南京：江蘇古籍出版社，1997年。
〔明〕焦　竑：《焦氏筆乘》，臺北：廣文書局，1968年。
〔明〕屠　隆：《由拳集》，見《續修四庫全書》，上海：上海古籍出版社，2002年。
〔明〕于慎行：《穀山筆塵》，見《四庫全書存目叢書》，臺南：莊嚴文化事業有限公司，1995年。
〔明〕周履靖：《騷壇秘語》，見《明詩話全編》，南京：江蘇古籍出版社，1997年。
〔明〕胡應麟：《詩藪》，見《明詩話全編》，南京：江蘇古籍出版社，1997年。
〔明〕郝　敬：《藝圃傖談》，臺北：國家圖書館，明萬曆至崇禎間遞刊本。
〔明〕郝　敬：《藝圃傖談》，見《明詩話全編》，南京：江蘇古籍出版社，1997年。
〔明〕馮復京：《說詩補遺》，見《明詩話全編》，南京：江蘇古籍出版社，1997年。

〔明〕許學夷著；杜維沫校點：《詩源辯體》，北京：人民文學出版社，2001年。

〔明〕顧起元撰；張惠榮校點：《客座贅語》，南京：鳳凰出版社，2005年。

〔明〕鄧雲霄：《冷邸小言》，見《四庫全書存目叢書》，臺南：莊嚴文化事業有限公司，1997年。

〔明〕胡震亨：《唐音癸籤》，見《文淵閣四庫全書》，臺北：臺灣商務印書館，1986年。

〔明〕王昌會：《詩話類編》，見《明詩話全編》，南京：江蘇古籍出版社，1997年。

〔明〕周子文：《藝藪談宗》，見《中國詩話珍本叢書》，北京：北京圖書館出版社，2004年。

〔明〕伍袁萃：《林居漫錄》，臺北：偉文圖書出版有限公司，1977年。

〔明〕費經虞：《費經虞詩話》，見《明詩話全編》，南京：江蘇古籍出版社，1997年。

〔明〕費經虞：《雅倫》，見《續修四庫全書》，上海：上海古籍出版社，2003年。

〔明〕王　鑑：《醉經草堂文集》，見《清代詩文集彙編》上海：上海古籍出版社，2011年。

〔明〕陸時雍：《詩鏡總論》，見《歷代詩話續編》，北京：中華書局，2001年。

〔明〕楊良弼：《作詩體要》，見《中國詩話珍本叢書》，北京：北京圖書館出版社，2004年。

〔明〕譚　浚：《說詩》，見《全明詩話》，濟南：齊魯書社，2005年。

〔明〕譚　浚：《說詩》，見《明詩話全編》，南京：江蘇古籍出版社，1997年。

〔明〕李　蓘：《黃谷瑣譚》，見《明詩話全編》，南京：江蘇古籍出版社，1997年。
〔清〕錢謙益：《初學集》，見《錢牧齋全集》，上海：上海古籍出版社，2003年。
〔清〕黃　生：《唐詩評》，見《唐詩評三種》，合肥：黃山書社，1995年。
〔清〕黃　生：《詩麈》，見《皖人詩話八種》，合肥：黃山書社，1995年。
〔清〕葉　燮：《原詩》，見《清詩話》，臺北：西南書局，1979年。
〔清〕宋　犖：《漫堂說詩》，見《清詩話》，臺北：西南書局，1979年。
〔清〕閻若璩：《潛邱劄記》，見《清代學術筆記叢刊》，北京：學苑出版社，2005年。
〔清〕賀貽孫：《詩筏》，見《清詩話續編》，臺北：藝文印書館，1985年。
〔清〕賀貽孫：《詩筏》，見《叢書集成續編》，臺北：新文豐出版公司，1991年。
〔清〕何世璂：《然鐙記聞》，見《清詩話》，臺北：西南書局，1979年。
〔清〕顧嗣立：《元詩選初集》，見《文淵閣四庫全書》，臺北：臺灣商務印書館，1986年。
〔清〕沈德潛：《說詩晬語》，見《清詩話》，臺北：西南書局，1979年。
〔清〕沈德潛：《唐詩別裁》，北京：中國致公出版社，2011年。
〔清〕李重華：《貞一齋詩說》，見《清詩話》，臺北：西南書局，1979年。

〔清〕程襄龍：《瀫潭山房古文存稿》，見《清代詩文集彙編》，上海：上海古籍出版社，2010年。
〔清〕喬　億：《劍谿說詩》，見《清詩話續編》，臺北：藝文印書館，1985年。
〔清〕喬　億：《杜詩義法》，見《四庫未收書輯刊》，北京出版社，2000年。
〔清〕袁　枚：《小倉山房文集》，見《袁枚全集》，南京：江蘇古籍出版社，1993年。
〔清〕趙　翼：《甌北詩話》，見《清詩話續編》，臺北：藝文印書館，1985年。
〔清〕翁方綱：《復初齋文集》，見《續修四庫全書》，上海：上海古籍出版社，2003年。
〔清〕錢　泳：《履園譚詩》，見《清詩話》，臺北：西南書局，1979年。
〔清〕方東樹：《昭昧詹言》，臺北：漢京文化事業有限公司，1985年。
〔清〕方東樹：《昭昧詹言》，臺北：廣文書局。
〔清〕梁章鉅：《退庵隨筆》，見《清詩話續編》，臺北：藝文印書館，1985年。
〔清〕潘德輿：《養一齋李杜詩話》，見《杜甫詩話六種校注》，濟南：齊魯書社，2004年。
〔清〕劉熙載：《劉熙載文集》，南京：江蘇古籍出版社，2001年。
〔清〕劉熙載：《詩概》，見《清詩話續編》，臺北：藝文印書館，1985年。
〔清〕何元普：《麓生詩文合集》，見《晚清四部叢刊》，臺中：文听閣圖書有限公司，2010年。
〔清〕施補華：《峴傭說詩》，見《清詩話》，臺北：西南書局，1979年。

〔清〕朱庭珍：《筱園詩話》，見《清詩話續編》，臺北：藝文印書館，1985年。

三　今人論著

朱自清：〈論「以文為詩」〉，《朱自清古典文學論文集》，臺北：源流出版社，1982年。
閻　琦：〈關于韓愈的以文為詩〉，《韓詩論稿》，西安：陝西人民出版社，1984年。
羅聯添：〈論韓愈古文幾個問題〉，《漢學研究》第9卷第2期，1991年12月。
王基倫：〈「韓愈以詩為文」論題之辨析〉，《第二屆國際唐代學術會議論文集》，臺北：文津出版社，1993年。
葛曉音：〈詩文之辨和以文為詩──兼析韓愈、白居易、蘇軾的三首記游詩〉，《漢唐文學的嬗變》，北京：北京大學出版社，1995年。
吳淑鈿：〈以文為詩的觀念嬗變〉，《中國文哲研究集刊》第17期，2000年9月。
嚴壽澂：〈詩聖杜甫與中國詩道〉，《國立編譯館館刊》，30卷1、2期合刊本，2001年12月。
蔡志超：〈杜甫以文為詩說〉，《淡江中文學報》第13期，2005年12月。
蔡志超：〈黃生的杜詩句法與詮釋〉，《慈濟技術學院學報》第16期，2011年。
郭紹虞：《宋詩話輯佚》，臺北：華正書局，1981年。
金啟華：《杜甫詩論叢》，上海：上海古籍出版社，1985年。
周采泉：《杜集書錄》，上海：上海古籍出版社，1986年。
陳文華：《杜甫傳記唐宋資料考辨》，臺北：文史哲出版社，1987年。

許　總：《杜詩學發微》，南京：南京出版社，1989年。
馬一浮著；丁敬涵編注：《馬一浮詩話》，上海：學林出版社，1999年。
郁賢皓：《唐刺史考全編》，合肥：安徽大學出版社，2000年。
張　健：《元代詩法校考》，北京：北京大學出版社，2001年。
華文軒等編：《杜甫卷》，北京：中華書局，2001年。
徐國能：《歷代杜詩學詩法論研究》，臺北：臺灣師範大學博士論文，2002年。
盧雲國：《細說宋朝》，見《細說中國歷史叢書》，上海：上海人民出版社，2003年。
張忠綱：《杜甫詩話六種校注》，濟南：齊魯書社，2004年。
周錫䪖：《杜甫》，香港：三聯書局，2005年。
黃永武：《字句鍛鍊法》，臺北：洪範書店有限公司，2013年。
蕭滌非主編、張忠綱統稿：《杜甫全集校注》，北京：人民文學出版社，2014年。
孫微輯校：《清代杜集序跋滙錄》，北京：人民文學出版社，2017年。
蔡志超：《詩聖——杜詩詮釋新論》，臺北：萬卷樓圖書股份有限公司，2017年。
張夢機：《近體詩發凡》，臺北：中華書局，2018年。
蔡志超：《杜甫從詩史到詩聖》，臺北：萬卷樓圖書股份有限公司，2020年。
劉明華編：《杜甫資料彙編》，北京：中華書局，2021年。
陳文華：《杜甫古體詩選講》，臺北：臺灣學生書局，2021年。
陳文華：《唐人近體詩選講》，臺北：臺灣學生書局，2024年。

文學研究叢書・古典詩學叢刊 0804034

杜詩規矩與雄深雅健

作　　者	蔡志超
責任編輯	林以邠
特約校對	謝宜庭
發 行 人	林慶彰
總 經 理	梁錦興
總 編 輯	張晏瑞
編 輯 所	萬卷樓圖書股份有限公司
封面設計	黃筠軒
印　　刷	百通科技股份有限公司
發　　行	萬卷樓圖書股份有限公司

　　　　臺北市羅斯福路二段 41 號 6 樓之 3
　　　　電話 (02)23216565
　　　　傳真 (02)23218698
　　　　電郵 SERVICE@WANJUAN.COM.TW
香港經銷　香港聯合書刊物流有限公司
　　　　電話 (852)21502100
　　　　傳真 (852)23560735

ISBN 978-626-386-312-5

2025 年 8 月初版一刷
定價：新臺幣 280 元

如何購買本書：

1. **轉帳購書，請透過以下帳戶**
   合作金庫銀行　古亭分行
   戶名：萬卷樓圖書股份有限公司
   帳號：0877717092596

2. **網路購書，請透過萬卷樓網站**
   網址 WWW.WANJUAN.COM.TW

大量購書，請直接聯繫我們，將有專人為您服務。客服：(02)23216565 分機 610

如有缺頁、破損或裝訂錯誤，請寄回更換
版權所有・翻印必究

Copyright©2025 by WanJuanLou Books CO., Ltd.
All Rights Reserved　　　　Printed in Taiwan

國家圖書館出版品預行編目資料

杜詩規矩與雄深雅健 / 蔡志超著. -- 初版. --
臺北市：萬卷樓圖書股份有限公司, 2025.08
　面；　公分. -- (文學研究叢書. 古典詩學叢刊 ;0804034)
ISBN 978-626-386-312-5(平裝)
1.CST: (唐)杜甫　2.CST: 唐詩　3.CST: 詩評

851.4415　　　　　　　　　　　114011818